閃卡!
請回答1991
第1輯閃卡誕生史
四大天王初封王
史上第1張閃卡
閃卡之
夜光卡
twins

目錄

一張卡的誕生

我是在1991年底受僱，加入YES雜誌做初級設計員。

那時的YES創刊才一年，也不是什麼大集團，初入行的設計員首先會去應徵大企業，例如不敗、萬金油、一仔等，因為人工同福利都吸引些，尤其是一仔，出手最豪爽，是行內出名的，但也是最辛苦的。

無論如何，我是見工失敗三次之後，去YES見工便立即通知受僱，希望我第2日上班，三個月試用期，起薪六千三百元，試用期滿視乎表現加薪。那時，對於這個人工是並不太滿意的，現在想想也不算差，三十多年前呢。現在台灣的最低工資是每月才約六千一百元，還不及我當年呢。

那時剛讀完太一（設計），還沒有做好心理準備立刻上工，本想慢慢找工，誰知見成工便成，實在不太情願，便對面試的人（日後的上司）謊稱這個星期要陪媽媽回番禺的鄉下，要等一個星期才能上班。對方想了想，便也勉強答應了，似乎這家公司真的很缺人手。

有話則長，無話則短，無憂無慮的過了一個星期，終於要去做人生第一份工作，沒想到，一做便差不多十年。

面試我的是雲妮，是美術部的大姐大，即係art director，樣子有點成熟，也看不出年紀，估計三十上下。人很和善，但精明幹練，笑起來有點想像比較豐滿的海味，但看得出人人都十分聽她指揮。

上班第一天，才發現公司人手十分精簡，只有三個部門，就是創作部、美術部和編輯部。創作部是靈魂，老闆親自帶領，人手也最多，有6、7人，其中更有日後的名作家淺雪。設計部有5人，都很年輕，都大不了我三兩歲。編輯部最可憐，只有三個人，一個總編，一個編輯和一個副編。

由於我是新人，沒有固定的工作範圍，什麼都要做。YES 開始的時候，業務是以雜誌出版為主。因為堅持做原創內容，要慢工出細活，所以早期是旬刊，即十日一期。

這個出版周期，在香港是獨一無日的。一般期刊，多是周刊或月刊，也有為數不多的半月刊，旬刊真的只此一家。

差點忘了，其實還有一個插畫部，有一個畫師和一個助理，還有一個特約的漫畫家雪晴，專畫青春漫畫，在雜誌中連載。

雪晴（1969-2019）

雪晴可能是香港唯一的女性漫畫家，畫功細緻，本人漂亮，畫風也無比漂亮，一生人都奉獻了給繪畫，卻很年輕便病逝，好可惜。

雖然說是十日刊，可是除了 YES，還有一本叫《鬼世界》的鬼故期刊，也是十日一期，故此一個月是出六期雜誌，比周刊更密，每逢死線前一日都要通宵趕工，沒有例外。個人最恐怖的經歷，是雜誌死線撞上卡的死線，留在公司直踩 48 小時。

除了 1990 年出版的 YES 雜誌，公司之後還出版了男人周刊、YES IDOL，和之前說的《鬼世界》等期刊。雖然男人周刊很快便停刊，但之後又有 fashion n beauty 以及一些不定期的出版物，例如寫真集、漫畫、連載漫畫結集等等。YES 卡，並不是在業務規劃範圍之內。

問題來了，YES 卡是誰想出來的？又或者說，YES 卡是怎樣想出來的？

YES 卡的由來

關於 YES 卡的誕生經過，我也沒有第一手資料，都是同事間八卦聽來的。

話說有間小型的本地玩具公司，叫做日和玩具，本身是做日本的扭蛋玩具機的，即是在街上的小店文具店擺放的小型扭蛋機，不知什麼原因不能做下去，於是有一日那家公司的老闆直接走上寫字樓，說要找老細談合作。

根據故老相傳，上來的人有兩個，一個是沈先生，大家都叫他阿沈，一個是劉先生，大家稱他做阿劉。這兩位後來經常上寫字樓，公司中很多人都認識他們，尤其是負責製作 YES 卡的同事。阿沈大約四十來歲，身型高瘦，闊刀眉，單眼皮，三角眼，看人目光凌厲，相貌倒有七分似日本人，說話聲量宏大，一看便知是精明幹練的生意人；他的拍檔阿劉年紀相若，身材較矮小，相貌敦厚，短髮中間分界，但雙目圓圓，卻是炯炯有神，應該也是很能幹的人。平時在公司裡開會，都是阿沈發言，阿劉只是久不久和應一兩句。

阿沈同阿劉，一高一矮，就這樣直接走上門要找老闆。平時老闆日間都不公司，晚上才回去工作，那天剛好老闆在午後回到公司，心情據說也不錯，聽說有生意上門便見了沈和劉。那個年代，人和人的關係還是比較簡單的。

大概是老闆聽了阿沈的 sales pitch 之後，覺得十分有趣，便找了老總來一起談。說起這位老總，後來也做了公司其中一位老闆。他那時大概三十不到，高瘦瘦，頭髮黑黑，濃眉深目，相貌當然不及老闆英俊，但也可說是明星不足，溝女有餘。老總姓什麼，我已忘記了，反正大家都叫他做阿花。

關於阿花，可以說的事很多，因為他是整個 YES 其中一個關鍵的人物，不過基本上，他就是一個可怕的工作狂。

故事的發展是，阿花和日和玩具的老闆開了幾次會，公司便決定要做明星卡，即是 YES 卡。

其實，阿沈同阿劉找 YES 做明星卡

可能是出於美麗的誤會。為什麼這樣說？YES 不是偶像雜誌嗎？還真的不是。

YES 雜誌的封面，由創刊號開始，每期封面都印上一句口號：全天候年輕人雜誌。這句話，才是創辦人對 YES 這本雜誌的定位。所謂全天候，就是不論是什麼時候、環境、興趣，任何年齡的年輕人都適合去看，所以內容是針對青少年有興趣的題材，例如愛情、生理、星座、學校、同學、課外活動、潮流、消費、交友、心理測驗、時事等等等等，可以說是無所不包的，唯獨關於明星歌星的內容，其實一點也不豐富，一般只是集中在某一兩個當紅的藝人歌手。事實上，YES 創刊頭兩年的封面都是手繪的漫畫，甚有日本風格，可以說是自創一格。日和玩具認為 YES＝偶像雜誌，可以說是一個美麗的誤會。

我當然不會知道兩邊的老闆談了什麼條件，只知道很快我們設計部便要開始設計 YES 卡。

製作 YES 卡，第一個遇到的問題，也是最大的問題，便是沒有足夠的明星照片。怎麼辦？

請回答 1991

九十年代，是香港娛樂事業的顛峰時期，沒有之一。倒前十年，八十年代，香港出現了一批年輕的本地明星/歌手：陳百強、張國榮、譚詠麟、歌神、梅姐等，無論歌影視，都是大受歡迎，也奠定了廣東歌、粵語電影、電視劇不可動搖的市場地位。當然，還有一些七十年代走紅的本地藝人，例如籮記、秋官、Sam、胡鬚仔、阿姐、巨肺、小鳳姐，在八十年代初仍然是非常受歡迎，但畢竟是後浪推前浪，這班前輩後八十年代中後期也只好讓出市場給年輕的後輩。

同樣，九十年代初又有一班新的本地藝人湧現，以滿足一個更大的市場，因為香港和東南亞經濟的長足發展，社會富裕了，人均收入也多了，尤其在香港，九七前的樓股雙旺，大大帶動了消費市場，特別是娛樂事業的發展。那時香港的社會風氣和政治環境在亞洲都是最開放的，電影電視的製作也是領先其他地區，香港的影視音樂大量出口到周邊地區和國家，情形有如現在的韓國電影和音樂，也是大量出口到其他國家。

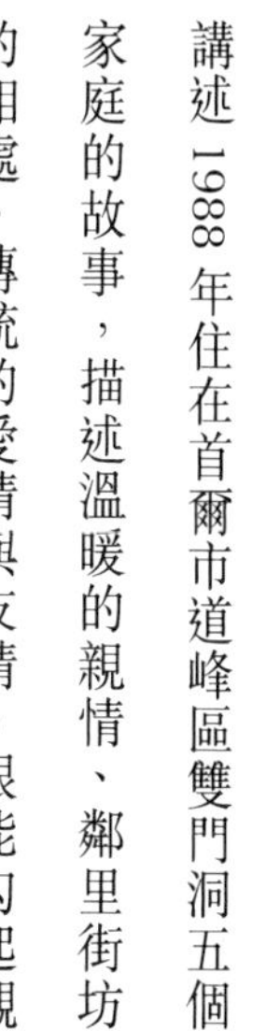

2015 年首播的韓劇《請回答 1988》，講述 1988 年住在首爾市道峰區雙門洞五個家庭的故事，描述溫暖的親情、鄰里街坊的相處、傳統的愛情與友情，很能勾起觀眾的共鳴。

播出後，韓國掀起舊電影重新上映潮，香港代表作有《英雄本色》及《無間道》。當年《英雄本色》在韓國颳起的旋風讓發哥、哥哥、大俠在韓國如日中天。其他如華叔，東方不敗，小倩都有很高知名度。70後的韓國人也是看著香港電影長大的，對哥哥、發哥、咸虫、華叔等香港明星也

是耳熟能詳，認為原版《倩女幽魂》才是經典。不少現在當紅的韓國藝人，小時候的明星偶像就是香港那一代的明星。

從20世紀80年代起，哥哥在韓國就一直有著超高人氣，是韓國最受歡迎的國外明星之一。在1987年，他的專輯《愛慕》在韓國大賣30萬張，創造了華語唱片在韓國的銷量紀錄。

香港娛樂產業的餅做大了，對產品的要求也更殷切，而對於娛樂事業來說，最大的產品，自然是明星和歌星。

在八十年代末開始走紅的藝人，到了九十年代更是發光發熱，於是首先出現了所謂的四大天王。他們不是佛教的神祇，也不是封神演義中的「劍琴傘龍」，而是歌神（1961）、華叔（1961）、老泥（1966）、阿王（1965）。維基百科的香港四大天王條目是這樣介紹的：「四人於1980年代先後加入娛樂圈成為歌手或演員，在1990年代初期各自冒起，並於1992年同時被傳媒稱為『四大天王』。」他們繼承了八十年代那

Andy

JACKY

班前輩在香港樂壇的地位，自1990年代至今，在音樂、影視、舞蹈、商業等領域均獲得傑出的成就，在華人社會更是具有廣泛的影響力和知名度。

八十年代走紅的香港藝人之中，丹尼仔不幸在93年因藥物問題逝世，其餘的都升上神枱，或呈半退休狀態。

講這許多香港的娛樂史，又和YES卡又有什麼關係？

關係可大了。

這就要回到上面講的，明星相片的來源的問題。最理想的情況，是出版社約到這些明星歌星拍照，有多少拍多少，多多益善。但要約到哥哥、校長、梅姐這些超級大牌，以YES這樣小眾的小雜誌，和當事人又沒甚交情，自然是不可能的任務。在那個時候，對四大天來說，時間就是金錢，每分每秒的出場時間，都可以帶來可觀收入，所有的媒體現身，都是去宣傳推廣他們的專輯或電影，而九十年代也是香港紙媒的輝煌時代，大集團的雜誌銷量達每期十萬冊以上的在在不少，銷量有五六七萬的更是比比皆是，故此要約這些大牌拍照，恐怕怎樣排期也排不到YES。

不過，因為娛樂事業的興旺，新作品的公開宣傳活動便十分頻繁，而且電台當年也是十分有影響力的媒體，尤其是商台，經常會舉辦一些公開的活動，邀請明星參

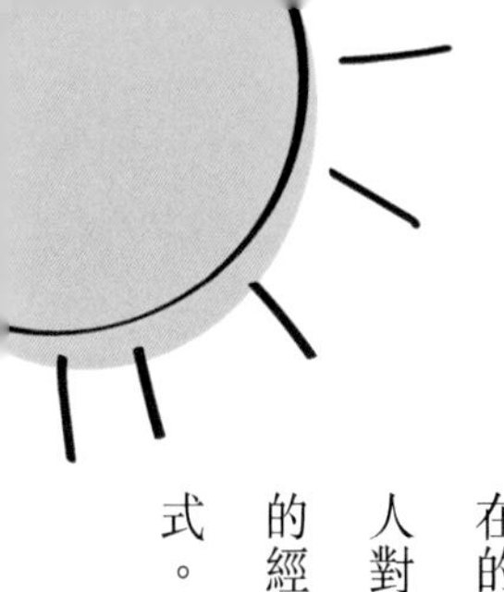

加。明星偶像出席活動，便大把機會給媒體拍照，真的是多麼的美好。反觀現在的娛樂行業，因為網絡的發達，似乎明星都不用宣傳，也不必經常露面，保持人氣。

現在的人能和偶像真人接觸，似乎是十分罕有和矜貴的一件事，個人是不太了解現在的經理人對藝人的經營方式。

好了，既然大量機會拍到明星，第一件事，就是要大量聘請攝影師。

我初進公司時，好像還沒有全職的攝影師，兼職的那位還是老闆的朋友，一期只找他拍拍城市驚喜和一兩個藝人。內容有需要拍照的，很多時候是寫手包辦，用傻瓜機拍拍交差。因為要做 YES 卡，所以公司便請了第一個全職攝影師加哥。

有了全職攝記，跟手當然是要在雜誌內增加明星娛樂料，這樣才有理由堂堂正正約明星歌手做訪問和，更重要的，拍照。

就是這樣拼拼湊湊的，史上的第一輯 YES 卡在 1991 年 11月面世了。

第一輯 YES 卡

第一輯 YES 卡係比較樸素，或者比較簡單，總共只有42款卡，張張經典。說它樸素，因為全部都係白卡，沒有閃卡，沒有特別卡。

印象比較深刻的是四萬的卡，那時她留著長髮，有點嬰兒肥，塊面胖嘟嘟的，表情羞澀，眼大大的，單手輕輕踮著腮，頭微微垂下，眼稍為向上望向鏡頭。她那時穿著一件酒紅色的外衣，內穿紫色綿衣，很隣家女孩的打扮。1991 年，四萬才剛滿十九歲，未經琢磨，誰會想到她是日後唯一差可比肩梅姐的百變天后。

世界上第一張 YES 卡，編號 1，是華叔的白卡。

後來的YES卡，是每隔一段固定時間，便會推出一輯新的，就像是期刊那樣。開始時頭幾輯的卡並不是這樣，因為大家都不知道市場反應會是如何，而且照片的供應也不穩定，所以也沒有訂下隔多久才推出新一輯的卡。

第一輯陣容

第一輯 YES 卡有什麼人？先看看 1991 年度叱咤樂壇流行榜頒獎典禮主要得獎名單：男歌手金獎：歌神，銀獎：華叔，銅獎：老泥。女歌手金獎：矇豬眼，銀獎：梅姐，銅獎：葉蒨文。組合金獎：好猛，銀獎：BYD；銅獎：八卦。生力軍男歌手金獎：你太長；銀獎：阿王；銅獎：好瘤明。

第一輯 YES 卡共有 42 款，計有華叔（6）、大V（6）、Shirely(2)、阿王（4）、老泥（6）、好猛（4）、BYD(4)、黑人（2）、矇豬眼（2）、哥莉亞（2）、阿四（2）、哥哥（1）、哥哥＋加零（1）。

很快，第2輯卡又要上市了。因為是包銷形式，生產多少張卡，是由日和去決定，等於是買家下單。這次，阿沈又是和阿劉一齊上公司，在阿花房間高談闊論，講述街外反應如何熱烈，學生如何排隊爭著去扭卡。

我現在回想起來，他們那時描述的情景，就似是幾年後在 1996 年上映的食神，其中有幕戲是瀨尿牛丸起死回生後，大收旺場，餐枱擺滿整條街，張張坐滿了人，一位城市話題的主持人（祝文君，2022 年因癌病逝世）走訪史提芬周，問他為什麼他的瀨尿牛丸那麼受歡迎。

周的回答是這樣問他是不公平的，

應該問問顧客為什麼來光顧，然後轉身問背後一個揹著書包正在進食的學童，他為什麼來吃瀨尿牛丸。那學童轉身，竟然便是八兩金，只見他揚起眉梢著牙，以帶有鄉音的廣東話笑著回答：自從我吃咗瀨尿牛丸之後，腦筋就好咗好多。次次考試得一百分添呀。說著說著，笑容也更加燦爛了。有理由相信，學生在抽卡抽到自己心愛的偶像後，心情輕鬆愉快了，腦筋也會好很多。次次考試得一百分可不敢包。

第2輯的YES卡實際生產了多少我並不知曉，不過阿沈對阿花講比第1輯要落雙倍數量的單。這次，阿花一早已著人去買定汽水。

真正的東方不敗

1992年是香港娛樂產業的爆發期。

這一年，是香港電影的大豐收期。這一年，電影票房超過900萬的有42部，超過1000萬的有35部，超過1500萬的有22部，超過2000萬的有15部，超過3000萬的竟然有12部。票房冠軍是審死官，收四千九百八十八萬；第2位是家有囍事，收四千八百九十九萬；第3位是鹿鼎記，收四千零八萬；第4位是武狀元蘇乞兒，收三千七百四十一萬；第5位是鹿鼎記神龍教，收三千六百五十八萬；第6位是我愛扭紋柴，收三千六百五十八萬；第7位是神算，收三千六百四十萬；第8位是笑傲江湖 東方不敗，收三千四百四十六萬；第9位是雙龍會，收三千三百二十二萬；第10位是警察故事3超級警察，收三千二百六十萬；第11位是逃學威龍2，收三千一百六十三萬；第12位是黃飛鴻 男兒當自強，收三千零三十九萬。

單計頭十位最高票房電影，星爺參演的竟然佔了五出，而且是頭五名，其中四部更是領銜的主角，可以說是碾壓其他所有對手，他就是電影界中的東方不敗，以一人之力打敗了業界中的全部頂尖高手，唯我獨尊。順帶一提，1992年票房第13位的漫畫威龍，也是星爺主演，也收了二千二百九十四萬。

1992 年的 YES 卡中，便有一張 YES 卡是星爺以審死官造型，叨著支飲管喝汽水，經典的程度，有如勞力士在 1914 年推出的第一隻精準腕錶。

1992年，香港開始進入四大天王的時代，梅姐也不是一支獨秀，瘟那更是早早就讓位。看看那年的叱咤樂壇流行榜頒獎典禮得獎名單，男歌手方面，金獎是歌神，銀獎是華叔，銅獎是老泥。女歌手方面，金獎是矇豬眼，銀獎是沙梨，銅獎是雪梨。至於組合獎，金獎是好猛，銀獎是BYD，銅獎是八卦。生力軍男歌手，金是馬騮精，銀是搓哥哥、銅是龍珠。女生力軍歌手，金是卿卿，銀是再見朋友，銅是湯記。另外還有過江龍獎，金獎得主是小志。

值得一提的是，當年獲得叱吒樂壇至尊歌曲大獎是

92

由雯雯主唱的容易受傷的女人。雯雯，其實是藝名。後來她開始走紅，決定做回自己，以真名飛飛繼續自己的演藝事業，而且更加成功。

剛起步的 YES 卡，明星的組成也是以這些或已成名或嶄露頭角的歌影藝人為主，很星光熠熠，對不對？但這些明星歌星不少在行內摸爬打滾了好一段時間，都是熟口熟面，感覺也不是很年輕，雖然四大天王的華叔和歌神在 1992 年時都不過是 31 歲，但他們是很早出道的老海鮮，起碼都有十年以上，其他的就算年輕，也不能算是新臉孔。

像日本那些十來歲的少年偶像，還要再過幾年才會出現，而在這個市場的變化過程中，YES 卡也不斷的在演進。

順帶一提，現在如日中天的 MIRROR，成員之中的 JER 和 ANSION KONG 都是 1992 年出生的。

90 年代寶礦力少女中山亞微梨，16 歲出道

YES IDOL 誕生

前面說了，YES創刊時，定位根本不是偶像雜誌，內容除了娛樂百卦新聞，其他青少年關心的題材幾乎都有，為了做YES卡，才開始加入一些娛樂消息。不過，這樣做能加的編幅也是很有限，很難滿足取得大量照片的需求。老闆是個很有生意頭腦的人，馬上想出一個很絕的解決方案，就是儘快出版一本以明星偶像寫真的為主要內容的期刊，書名毫不含糊，直接就叫做YES IDOL，人手只是略為添加，主要是增加了攝影師和娛樂記者，編輯和設計都是由原來人手兼任。於是從92年開始，我的工作更多是做YES卡背面的設計稿，出了YES IDOL之後，便要兼做排版工作。

阿花是總執行人，他名義上是總編輯，其實更像是公司的總經理。他的年紀和老闆差不多，兩人身高也相若，都是外國留學，似乎很得老闆信任。他對新上任的美術部的主管桃麗絲說，新加的YES IDOL其實工作量不多，以圖片為主，只有少量文字，可以找兩位同事去專門負責YES卡和YES IDOL的排版工作，很簡單的。

「很簡單」似乎是阿花的口頭禪，但凡有新的任務，都會聽到他對下屬這樣說。我剛好過了3個月的試用期，得到了十巴仙的加薪，工作量雖然增加了，但也不好說什麼，就是默默的接受了。

YES卡是由代理包銷，我也是負責做卡的設計後，和日和的員工混熟了才知曉，怪不得當初兩家公司那麼快便談好合作。很明顯，卡機也是由日和（代理）負責採購和營運，YES只是負責製作和生產。

YES! IDOL
HOT BIKE ACTION
#最愛周慧敏
隨書附送：
POCKET IDOL
金城武大POSTER
周慧敏、楊采妮、葉蘊儀三墊板
CASSETTE COVER
★特別加送YES!紙巾一包

上市

記得第一輯 YES 卡上市後的第二天，阿沈和阿劉滿頭大汗的走上公司，說要急事要找老闆和阿花。那時候，有誰會想到在商場裡租用商鋪作寫字樓，偏偏 YES 就是這樣做了。那個商場就在炮台山地鐵站的上蓋，忘了叫什麼名字，偌大的單層商場，就是一個死場。

其實北角區有很多商場，但也有很多是死場，就算不是死場，也是人流稀，又比較低端，以前的皇都戲院便有一個又暗又黑的商場，七十年代的時候已是破敗不堪，不時有老鼠橫行。

皇者戲院的對面也有兩個死場，一個在地面，一個在樓上。樓上那個是死無可死，最早的時候好像是酒樓，後來酒樓關張，鋪面被隔成多個微型商鋪，但沒有一家店可以維持很久，現在幾乎是十室十空。地面那層商場倒有不少店鋪，有點電腦商場的味道，也有賣遊戲機和影音碟、二手漫畫的，

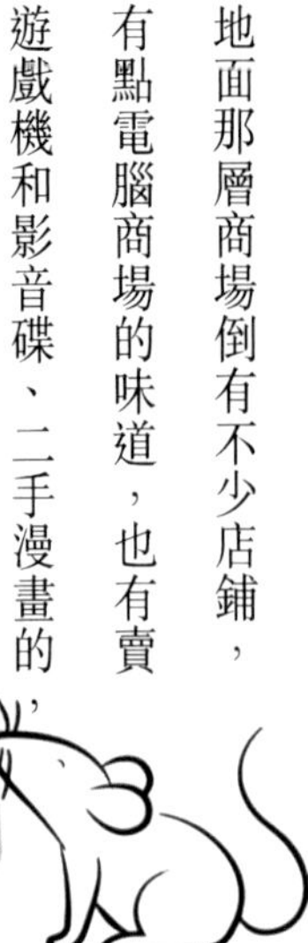

只是商場整體感覺有點凌亂，東西隨便擺放，顯然是管理不善。距離不遠還有國都商場和城市花園商場，門面相對光鮮，但也是門堪羅雀。國都商場旁邊還有一個地下商場，貓氣沖天，便是鼎鼎大名的森記二手書店所在。森記之所以出名，是店主在店中收養了不知數目的流浪貓，吸引了很多貓奴慕名前往朝聖，也吸引了不少媒體報導。

那還是在前互聯網前電商時代，相信現在那些商場只會更衰微。相對來說，炮台山地鐵站那個商場算是比較新煥，因為大廈也是落成不久，沒有幾個商戶，故此相信租金也會比較平宜。傳統以來，香港大部份出版社的辦公地點多是設在工廈，因出版是勞工密集而利潤不高的行業，只能負擔租金較為便宜的工業大廈，把寫字

樓設在商場內有如在半山豪宅區起公屋，不過香港也有唯一的例子——勵德邨。

記憶中，那個商場中的寫字樓並不大，也就三四千呎，地面是水泥地鋪工業地板漆，使用了一段時間後油漆脫落，地面一個坑一個坑的，也無人理會。

因為租用商場，所以公司的裝修也十分「基本」，只是給幾個高層隔了幾個10呎高的小房間，而且由於是中央空調，故此頂上開放，談話也就沒有什麼隱性可言。在這樣的情形下，剛好我的座位就對著阿花的房間，他和人談話又習慣打開房門，故此我也著實聽到不少有關業務的消息。

說回第一輯YES卡上市後，隔了兩天阿沈和拍檔阿劉闖上寫字樓，老闆尚未見人，便和阿花先談。阿沈嗓音響亮，隔牆能聞，何況阿花的門是打開的（因為坐了兩個客人門便關不上）。他說街外的反應比他想像中還要好很多，相信再一兩天便要斷貨。阿花問他攞點情況，阿沈說初步他們從日本訂了100台機器回來，正常是一個架放兩部機器計，因為產品較新，他們動了個心思，有些點只放一部機器，以便有更大的滲透，現在有不到80個點。

據講，在開始時，所有的卡機都是從日本訂購回來，是經典的朱紅色，配上白色的金屬機架，紅白相襯，擺在街上十分醒目。因為做卡，那位包銷商阿沈便常常上寫字樓開會。

上市之後，他們公司的電話便響個不停，都是零售店打來，不是要求補貨，便是要求加機，更多的是一些沒有擺機的小店要求他們在店面擺機。阿沈說他們已從日本追加再訂150台機器，但也不是立刻能夠運到，目前只能在反應較次的店鋪分機給新戶口，只是眼前最迫切的事是要立刻補貨，以及即時準備下一輯卡的生產。

這時阿花起身走出房間，去接持處叫接待小姐到樓下便利店買3罐可樂回來，再轉身回到房間和阿沈接著談。汽水買回來不久，老闆也回到辦公室。阿花約略講述了一下情況，老闆便請他們三人去自己在遠處獨佔一個範圍的密室辦公室接著傾談。

對於不熟悉 YES 卡或一般的玩家，可能不了解 YES 卡運作方式，以及卡機的操作方式。一輯 YES 卡，特別是白卡，有多少款式，是由一張大卡紙可以排列張卡而定，而每一張卡的尺寸，又是由卡機的卡槽大小而決定。

所謂卡槽，是卡機內盛放卡片的容器，固定在卡機面板的背面。一個卡槽，最多可以擺入大約 560 張卡片。每輯 YES 卡都有固定款數，印出來的時候，是一張大卡紙上排列了 42 款，然後裁切，再壓製圓角，之後要「執張」。所謂執張，就是人手把 42 款卡合成一組，像撲克牌那樣，再一組組卡放進紙盒，然後交付。

執張的用意，其實很明顯，就是避免玩家抽卡時連續出現相同款的卡，這點日和玩具是十分堅持的。開始的時候，印量和銷量相對較小，一盒卡好像只放 5 組白卡，即 320 張左右。

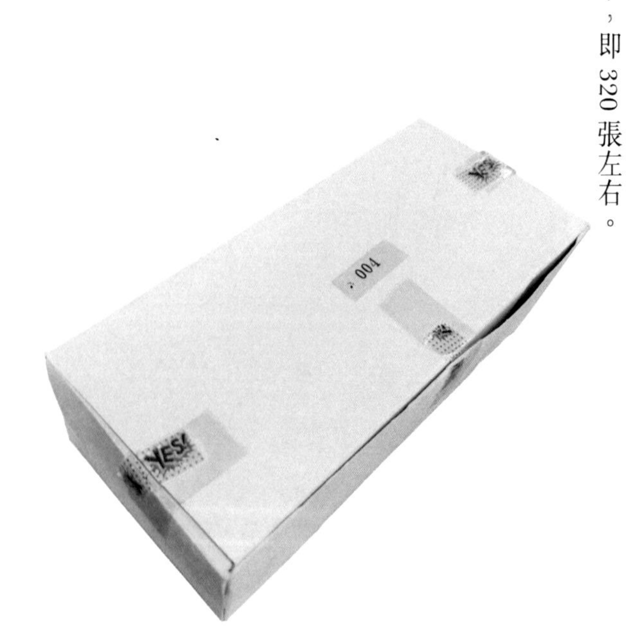

史上第 4 輯 YES 卡

閃卡登場

記得阿沈三番四次提及，要加進一種叫做閃卡的東西。開始時阿花似乎不知道閃卡是什麼東西，阿沈原來早有準備，取出了幾張龍珠的閃卡。阿沈由於經營日本扭蛋玩具，故此經常前往日本公幹，本人的日語也十分流利。他就是在東京看到這些動漫作品的收藏卡，靈機一觸，才會萌生售賣明星卡的想法。

所謂的閃卡，其實是鍍了一層激光膠膜的卡紙，有不同的鐳射圖案，在光線照射下有反光效果，閃亮閃亮的，故此稱為閃卡。這種鐳射閃紙現在多數用於產品包裝，尤其是國內的產品，十分流行使用，以示高級，但這在當時還是新創產品，在香港更是少人知曉。所謂物以罕為貴，阿沈認為只要在YES卡中加入這個品種，一定可以大大的刺激銷量。

看過閃卡樣辦，阿花先找來負責生產製作的珍寶珠，問她有沒有在印刷廠接觸過這種材料。珍寶珠表示她知道有這種材質的存在，但沒有見過有印刷廠實際使用。阿花著她去查探後，便叫桃麗絲和我到他房間，跟阿沈一起討論閃卡的製作。這是我第一次接觸閃卡這東西。

阿沈對堅持要有閃卡這回事十分有眼光，日後也證明了，閃卡一出，全城瘋狂。

關於閃卡的圖案，也很值得講講。最原始的閃卡，是俗稱的鑽石閃，是市場上最流行最容易找到的圖案。這款閃就是一個個方格排例在一起，比較沒有性格，甚至有點沈悶。其他的圖案有心型閃、波波閃、碎閃、玻璃閃、星閃、幻彩閃、菱形閃、雨點閃、閃電閃……。這些名稱，並不是正式的名稱，只是我們內部的方便叫法。這些不同圖案的鐳射卡我們日後都用在YES卡上，以鐳射圖案的種類來計，九十年代的YES卡可以說是天下無敵。而且，除了這些市場上能買到的閃款，YES很快就特別開發了專屬的YES logo鐳射圖案，真正是只此一家，其間過程，又是另一個故事了。

YES STATION 誕生

1993年，是香港娛樂界令人傷感的一年。1993年6月，著名唱作歌手、搖滾樂隊BYD主音家駒在東京富士電視台錄影遊戲節目期間不慎滑倒，從3米高台摔至地面，左額著地昏迷，一周後不幸逝世。10月25日，藝人丹尼仔逝世，享年35歲。

我很喜歡閱讀聖經，因為其中充滿人生智慧，特別是傳道書3：1-11：凡事都有定期，天下每一事務都有定時。生有時，死有時；栽種有時，拔出有時；殺戮有時，醫治有時；拆毀有時，建造有時；哭有時，笑有時；哀慟有時，跳舞有時；丟石頭有時，撿石頭有時；懷抱有時，不抱有時；尋找有時，失落有時；保存有時，拋棄有時；撕裂有時，縫補有時；沉默有時，說話有時；喜愛有時，恨惡有時；戰爭有時，和平有時。

Mirror成員Ian陳卓賢、馬來西亞藝人林明禎出生、政治人物羅冠聰、香港人特別熟悉的日本藝人三上悠亞也是在這一年出生。

講起YES卡，不能不提及YES STATION。香港的00後可能不知道什是YES STATION。用現代的語言，YES STATION就是九十年代年輕人的打卡熱點，沒有去過，是一件很丟臉的事情，隨時被友儕取笑。本質上，YES STATION是文具精品店，賣的東西，和一般屋邨或商場內的文具店賣的東西大概有百份之七八十雷同，紙筆墨簿，SANRIO的小東西，諸如此類。

銅鑼灣電業城RADIO CITY SOLO，位於軒尼詩道505號，由SOGO主出口走過去不用5鐘，1991年落成入伙。初時的電業城就叫RADIO CITY，SOLO是後加的，是一個地產品牌。根據官方的介紹，現在的「電業城的店舖全都以「零售店舖」或「零售＋工作坊」兩種形式為主；至於店舖種類亦頗多，包括有時裝、美甲、美容、化妝、波鞋、西裝訂做等等。此外，還有一些特色店舖，部份特色店會以工作坊形式出現，既賣貨品亦開班教授客人相關技巧，如：婚紗、手工藝、手作皮具、咖啡店、花店、氣球店、行李箱租借、教學、結他等。

1993年，農曆新年過後，第一間YES STATION在銅鑼灣電業城的7樓開張。雖然入伙1年有多，第一間YES

YES!
全天候年輕人專門店
7/F
YES! STATION
YES!
SONY

STATION 開張時，整幢大廈租出的樓層並不多，地方有點冷清。

開設零售店，也是 YES 和日和玩具的合作。其中一個催化劑，是日和玩具一向有從日本進口玩具精品，熟門熟路，有一定的批發人脈，很大程度上解決尋找了貨源的問題。其次是 YES 雜誌的銷量仍然不俗，雖然已不如初創刊時的氣勢，但針對性強，對中小學生有很高的滲透率，做宣傳有壟斷性的優勢。最後一點，也是最重要的一點，就是在 YES STATION 售賣 YES 卡，利潤會更高，機動性也更強，而且，YES STATION 可以辦很多活動，和 YES 卡交叉互動。一方面，YES 卡可以為 YES STATION 帶來很大的顧客流量，另一方面，YES STATION 可以成為 YES 卡抽獎活動的換領點，兩者緊扣，形成一個自給自足螺旋向上的閉環生態。

電業城一層的樓面面積約是 2300 呎，不會太小，也不會太大，而且因為新落成，據說租金也很相宜。一個額外的好處，是當時 6 樓以上都是空置，就算搞什麼活動造成擁擠，樓上樓下也有迴轉空間，不致招來投訴。

籌備了半年，YES STATION 終於要面世了。這時候 YES 卡經過差不多一年的發展，銷量是坐直昇機直線上升，大家對發展零售更是信心滿滿。

YES STATION的室內設計和裝潢是找專人設計的，所有的貨架和貨櫃是特別訂製，全店以黃黑銀為主色，黑色的貨架，黃色的貨櫃，地板是招牌是粗大的黃黑斜條相間，襯以銀色的防火板作牆身，很有當時日本LOFT的風格。

記得開張那天，一座座的卡機在門口一字排開，加起來怕沒有20台，甚有氣勢。負責剪綵的是兩邊的老闆，大V也作為嘉賓，蒞臨現場。新店開張的事，早在幾個月前已開始在YES系雜誌中宣傳，大家期待已久。記得那天商場一開，想擠上7樓的人少說也近千人，最後新店門口排滿了人，人龍沿著樓梯排到地下，在行人路上一直延伸。

YES STATION好比是一支火箭，把YES卡直接射上太空。

91年底推出第1輯卡，之後的一年，總共出了大概是4輯卡，到了92年底，YES STATION的籌劃已是如火如荼，第5輯YES卡差不多是這時推出，更第一次加入了閃卡。

鑽石閃

史上第 1 輯閃卡

黃金時代

由1991年到1994年，這幾年可以說是YES卡12年黃金時期的第一個階段。好比火箭已升空，正在不斷加速，但尚未衝出地球。92年概只出了3輯的卡，這個時期的YES卡，還是在探索期，另一方面YES IDOL也是初創，路線還在摸索，主要人物仍然有四大天王，大V，好猛，黑人等當紅藝人，但也加入了一些新進本地明星歌手，例如老泥妹、小胃、細V等，還有一些是估佢唔到的選擇，例如審死官造型的星爺，叨著吸管十分刁鑽，花樣年華的秋香姐，充滿活力的松松姐姐，性感

ANDY
YES

elf
YES

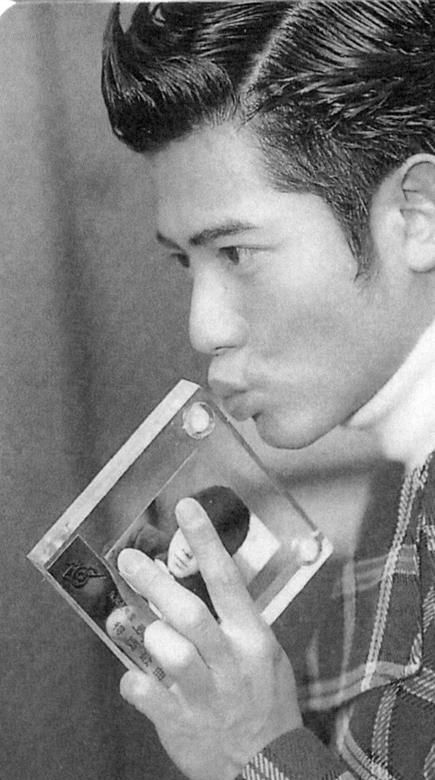

尤物卿卿，急速崛起的阿菲，靚妹仔阿霞。這期間也開始國際化，加入台星小志，東洋魔女靜香、法子，甚至有華人網球天才少年咪高，西洋樂隊。

上面說了兩件事，一是閃卡的出現，二是 YES STATION 的開張，加在一起，有如火箭加了燃料，點火升空。

YES 星閃登場

鑽石閃，又或稱作方格閃，一直沿用到第 7 輯的 YES 卡，到了第 8 輯 YES 星閃圖案閃亮登場。

第 7 輯，在 YES 卡而言，是比較有劃時代意義，因為這是第一輯卡，在 YES STATION 開賣。

資深的玩家，應該記得有大閃卡這回事，官方稱之為 SUPER YES 卡，約是一張明信片的大小。

玩法是每盒卡內有一定數量的換領卡，抽到之後，憑卡往任何一間 YES

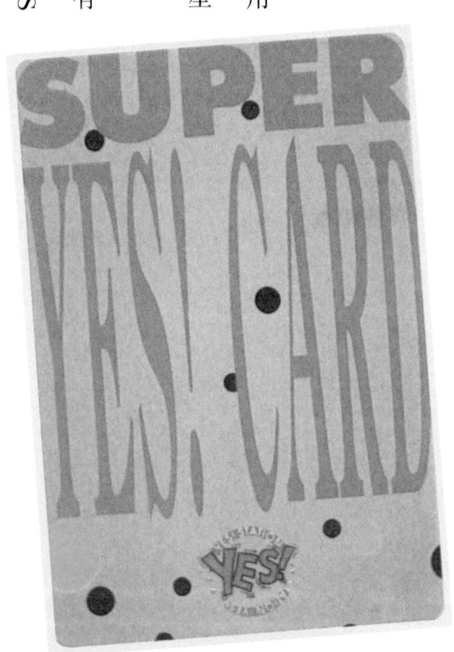

YES!

STATION換取一張。

第一輯的大閃，只有一款，主角自然是大V。在這張照片中，大V罕有的作出HIP HOP打扮，頭戴米黃色HIP HOP帽，外穿深綠色闊身連帽衣，內穿紅色T，下身是啡色闊腳褲，配以黃身黑底工人鞋。她半蹲坐下，挨著身後一片彩色塗鴉牆，頭側向右方，眼望斜下方，雙手交握，放在身前。

就是這張大閃卡，使到YES卡銷量繼續向上衝。

把一些放射性物質堆在一起，去到一個臨界點，便會出現核裂變，產生連鎖反應，釋放出巨大的能量。

到第15輯，YES卡由每輯42款增加到84款，完美的體現了這個釋放出巨大的能量的過程，這不得不歸功於YES IDOL吸納照片的能力。估計這輯卡的產量，應該超過100萬張，而在節節高升的產品，在供不應求的情況下，產量便是銷量。

由第1輯的產量的10萬張，到15輯的過百萬張，升幅超過1000%，不能不說驚人。

也是由第15輯開始，SUPER YES卡有多過一個選擇，這一輯你可以選歌神、阿王、四萬和查理。不用問，當然是查理的大閃卡最快換完。

女皇誕生

由91到95年期間，新一代的偶像逐漸冒出頭。短髮的浩南哥在第13輯出現了。第14輯，除了台星小志，還有小虎隊的奇隆。本地新人，有唱〈現代愛情故事〉而爆紅的搓哥哥和紅孩兒。這首歌是由飛圖唱片製作發行。說起飛圖，不得不說卡啦OK。

搓啦哥哥OK

很多人都知道，卡拉OK（日語：Karaok，カラオケ），是源自日本，日語原名意為「無人樂隊」，是現今最受歡迎的大眾休閒娛樂節目之一。卡拉ＯＫ是在80年代中後期在東南亞大為流行，特別是在香港，更造就了整個的娛樂產業，先後有多個提供唱K場地的連鎖集團冒起，不少唱片公司也乘時而起，提供歌曲給人點唱。飛逃就是其中一家這樣的唱公司，由卿卿的兄長創立，盛極一時，後於1999年為皇帝集團收購，改名為皇帝娛樂。

搓哥哥是在1991年出道，與紅孩兒推出粵語合唱專輯《現代愛情故事》專輯一炮而紅，銷量更達到雙白金，碟內歌曲更成為熱門合唱K歌。搓哥哥由於外型俊朗，很快就單飛發展，成為當紅偶像，自然也成為YES卡的常客。

查理OK

第14輯還有一位玉女接班人出現，可以說是九十年代出道的香港美女藝人代表查理。她是七十年代在台灣出生，爸爸是香港仔，媽媽是台灣人，三歲時才跟父母移居香港。憑著清純形像，查理一出道便成為年青人追捧對像，成為YES卡的熱門收藏人物，甚至有傳媒稱之為閃卡皇后，因為搶手，一度是 YES 閃卡中最搶手和炒價最高的。

93、94年的 YES 卡人物，其實有一個基本的框架，男方的主力就是四大天王，不過嚴格來説，應是以三大天王為主，歌神始終是實力派，向來不以容貌取勝，故此數量上稍遜。

其他間中客串的有偉仔、馬騮精、安心出行、浩南哥等。值得一提的是中日混血的阿武也是在這期間闖出名堂，成為 YES 卡的台柱之一。女藝人方面，大V是鐵膽，當無異議。查理冒起之後，大有並駕齊驅之勢。其他常客有四萬（阿四）、細V、阿菲、歌莉亞、細細粒。

93

畢竟是新人

一個獨特的現象是，世上的藝人偶像，多以歌手或組合為主。美國和英國向來是全球偶像輸出國，早在五六十年代便有貓王 ELVIS、披頭四 BEATLES，七八十年代更是百花齊放，先後有 QUEEN、MICHAEL JACKSON、GEORGE MICHAEL、ELTON JOHN、Madonna、Whitney Houston、Prince 等等，粒粒皆是天皇巨星，風潮度捲全世界。至於當今世上的 NO.1 偶像，便有 TALOR SWIFT，韓國的 BLACK PINK，。至於香港現在頂級的偶像，便是男團 MIRROR 和女團 COLLAR，毫無例外都是唱歌的組合。

換句說話，能使青少年瘋狂追星的，首先是歌星為主，其次是電影明星，再其次是電視明星。而這個排序，也是 YES 卡的核心構成。不過話說回來，九十年代的香港娛國圈，是一個很特別的存在。八十年代開始，本土藝人多是拍電視紅了，便轉行拍電影，電影紅了，便解鎖唱歌功能，兼做歌手，反應好的，則升格做歌星。

話說在 85/86 年間，一日早上坐小巴上學，剛好電台在播華叔的派台新歌〈情感的禁區〉，播完之後節目主持人，一位電台老海鮮高層，開口說話：哈哈哈，「畢竟」都係新人，哈哈哈。老實說，聽完那首歌，我覺得那位主持人還是比較厚道的。

現在回看，做人做事要成功，關鍵因素並不在於才華和能力，而是能夠堅持。那時候電台電視台常有歌唱比賽，唱功了得的

得獎歌手大有人在，但大浪淘沙，能堅持下去而成功的，畢竟只有極少數。

由於香港電影業在九十年代畸型發達，而拍片的收入是最直接的，所以藝人都走去拍電影，花在宣傳的時間也少了，這就影響了兩件事：第一是少了宣傳便少了拍照，YES 卡可以用的照片便少了，繼而在 YES 卡的曝光也少了。第二是他們唱歌的時間少了，歌也少了，市場便有了空間給新人出頭，而這些新人往往是以歌手身份出道，給人的感覺是更專業的歌手。而且新人比較年輕，也更易引起新一代年輕人的共鳴。最重要的一點是，新人往往更願意給雜誌拍照做宣傳，使他們在媒體上有更多的曝光，此消彼長，他們在 YES 卡的佔比也逐漸增多。

日本卡機與四大盜

初代的YES卡機都是從日本訂購，原裝進口，造工與外型固是無可挑剔，可是來到香港，卻出現了一些致命的問題，使得代理商日和玩具大為頭疼，不得不急謀對策。

智商（IQ）是人類智力的衡量標準。一個人的智商分數越高，這個人就被認為越聰明。智商分數通常反映了一個地區的人獲得的教育素質。與智商得分較高的國家相比，世界上智商得分較低的地區通常較為貧窮且欠發達，尤其是在教育領域。許多研究也利用智商來確定世界上最聰明的國家。

根據阿爾斯特研究所研究人員理查德·林恩和大衛·貝克爾2019年的一項研究，世界上平均智商得分最高的是日本人，台灣和新加坡人緊隨其後。

前10名的國家和地區分別是：1.日本—106.49、2.台灣—106.47、3.新加坡—105.89、4.香港（中國）—105.37、5.中國—104.10、6.韓國—102.35、7.白俄羅斯—101.60、8.芬蘭—101.20、9.列支敦斯登—101.07、10.荷蘭和德國（並列）—100.74。

值得一提的是，林恩的研究雖然全面，但往往會引發相當大的爭論。這些爭論，不少涉及種族問題，暫且不去提它。問題來是，為什麼日本的卡機在日本這個世界

智商第一的國家使用沒有問題，在香港卻出現重大問題？

這些問題，又是些什麼問題？因為香港人不夠日本人聰明，所以會有問題嗎？

這些日本卡機，在正常使用的情況下，是行之有效，沒有重大問題。可是來到香港，它的出卡機制很快被香港的抽卡者破解。基本上，是有四大盜卡方式。

原來只要用一把間尺，也有人用美工刀，又或是地鐵票，在一端貼上雙面膠紙，插進卡機口，便能夠把卡片拈出來。使用這個方法，在極端的情況下，可以不費分文把整個卡槽內的YES卡拈出，造成巨大損。很不幸，這只是其中一種偷卡方式。

基本上，日本的卡機只是一台很純真很單純的抽卡機，並沒有任何防偽或防盜的設置。結果是是，香港擺機的店鋪在開機收集硬幣時，發現有大量的遊樂場代幣或外國差不多大小的硬幣。這方面的損失，據講比偷卡更其嚴重，因為是防不勝防。

最嚴重的一種盜卡方法，是用AA膠塗在兩個一元硬幣表面，然後投幣，約等

97
A|X

一分鐘，把鎖扣粘死頂起，便可以把整條卡扭出來。這個方法最毒，既偷了最多的卡，又把機器破壞，生意也做不了。

除了直接的盜行為，還有一種最普遍的玩法，就是所謂的「儲齒輪」，前提是扭機技術要好，故此很多小朋友以此炫耀，其方法是每次扭卡不把面板上的轉輪扭盡，只要扭到一張剛好露頭，便即行抽出，然後投幣用相同手法抽下一張，如是者，大概七、八張之後，不投幣也能再轉一次，賺得一張免費的。如果抽出閃卡或夜光卡，更有如免費中了六合彩。是的，當時的YES卡有如流通的貨幣，就像是監獄裡的香烟一樣，是可以用來購買很多東西和服務的。

這些情說明了一件事情，所謂的智商和醒目，是兩個不同的概念。香港人常說的醒目，含義則很豐富，除了表示聰明，還有機靈、能幹、有智謀或洞察力，能靈活變通，會解決問題等。當然，醒目也暗含狡猾的意思。難怪香港人常稱讚自己醒目，在艱苦環境下也能夠適應，打拼出成績。另一方面，醒目用於歪路，便會構成很大的破壞。

除了偽幣、偷卡，閃卡推出後，又出現了新的問題。問題，就在於閃。因為日本卡機相對簡單的機械結構，一張卡抽出後，下一張便會被帶動到出卡口的位置，只要用小電筒照一照出卡口，如果是閃卡，便會有反射，此時，照射者便會投幣抽出。

自主 YES 卡機

這裡說說一些 YES 卡的冷智識。生產好的 YES 卡，在經過執張的程序後，便會按一定數量，放進一個長方形卡紙盒，俗稱一條卡。每一條卡，都會按一定數量的比例加進閃卡或其他特別卡。閃卡和白卡的比例時有改變，姑且算他是十比一，即十張白卡有一張閃卡。所以在白卡都放進紙盒後，便會人手把閃卡按比例加進盒中，即每十張白卡放一張閃卡。如此這般，熟悉 YES 卡行情的玩家會鎖定一部卡機，守在一旁，默默算著出卡的次序，到了差不多出閃卡時便搶過出用小電筒照射出卡口，看是閃卡便立時投幣抽卡，就算第一次不是，之後也很快便會抽到。就是這樣，他們可以用最少的成本抽到閃卡，再以數倍或數十倍的價錢轉賣。

因這些估計不到的情況，作為包銷商，每期蒙受六位數字的損失，當然是不能接受，但也苦無對策。剛好這時老闆有個書友「咪理」不想做朝九晚五的打工族，毅然裸辭，跳出來創業。九十年代初，回歸之前，社會對前景充滿期盼，人人滿懷希望，年青人都想建功立業，闖一番事業。這位年青人一心創業，卻沒有概念具體要做些什麼，只憑一股血氣衝動。老闆因為成日聽到阿沈投訴卡機的問題，似乎暗示要共同承擔損失，於是心生一計，問咪理有沒有門路在國內按阿沈要求，生產卡機。

YES!
KELLY
Sammi
SAMMI

開發自家卡機

一聽有生意，雖然心中無底，咪理也拍拍心口，一口答應，誓要完成此事。之後幾個月，咪理長駐廣州，在珠三角區找尋機械廠生產卡機。後來咪理回憶，不知找了多少家廠打辦試樣。生產這部機最大的難度在於機壳部份。

日本機的後機壳是整體生成，技術要求較高，而且要先造一個專用模具，成本不菲，由數萬元到十萬不等。很多工廠沒有能力做出整個機壳，便提出以幾塊膠板接合又或用螺絲鎖在一起。

但是這樣的做法一來不美觀，和日本機在觀感上相差太遠，二來機身容易進水，弄濕卡片。故此整機成型是唯一選擇。千辛萬苦，終於給咪理找到一家小型工廠能夠做到各種要求。

由於業務發展迅速，市場需要投入更多的卡機，但是如果繼續從日本訂機回來，除了成本高昂，還有上述種種弊病，於是當老闆向阿沈提議在國內生產卡機時，好比姣婆遇著脂粉客，可謂一拍即合。對阿沈來說，最重要的是大陸機的成本比日本機平宜一半。

長話短說，大陸的生產的卡機，約在提出建議後的6個月完成，正式投產。在大陸生產卡機，竟然成為日後YES自行發行YES卡的契機。不過，這是後話了。

卡中之王

我有一個外甥，名叫阿亮，九十年代中他才十五歲，但已是很資深的「炒卡仔」了。他是從第4、5輯開始抽YES卡的。他家是開文具店，因利乘便，也擺設了卡機，由一座兩台開始，最後放了3座在店鋪門口。據他所說，那麼多種卡之中，最受歡迎的是夜光卡，絕對稱得上是卡中之王。

夜光卡是特殊印刷，是在膠卡上印夜裡發光的油墨，大概是在九三年中首發行。一張普通的夜光卡，單獨售賣市價不下四十元，如果是受歡迎的明星，炒上過百元一張也是很平常的事。其中以大V和查理的夜光卡最受歡迎，炒家搶著搜購，千禧年後當然是要數到芝士了。

CHARE
RIE
TOMOSAKA
GI GI

酒井法子對歌迷嘅心底話

「各位親愛嘅FANS，好多謝你哋嘅支持，令我感到鼓舞!!我希望所有降落喺我身上嘅星星都會一樣降落喺大家身上!!」

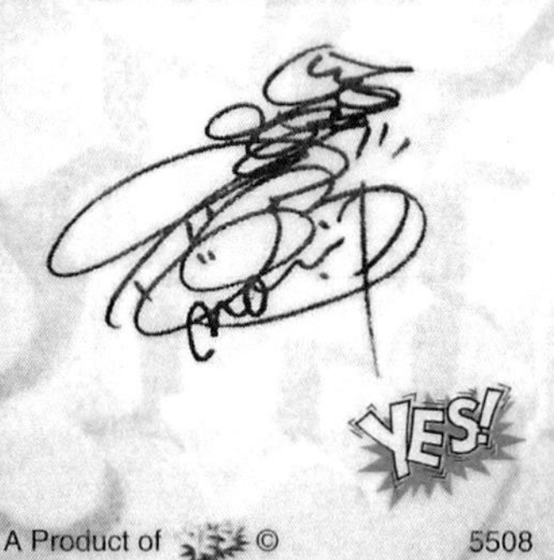

 5508

拍攝地點係芬蘭

寫真集嘅拍攝地點係北歐嘅芬蘭，到處係自然景色。其中一個拍攝場景，係充滿童話味道嘅聖誕老人嘅故鄉，Charlie話想早少少帶啲聖誕氣氛畀大家喎。

 SUPER 1802

Gi Gi 迷倒台灣男孩

梁詠琪擄獲了許多台灣男孩的心，台灣歌迷的熱情，尤其是男歌迷人數之多，令她大為吃驚。Gi Gi 說台灣的歌迷好熱情！一場簽名會竟然排了好幾千人，她還以為男歌迷比較含蓄，不好意思去排隊，沒想到有好多男歌迷找她簽名，在香港則是女生比較多。

最意外的還是在簽名會看到許多小朋友老人家也來排隊，令她頗有成就感，由此證明她的歌曲動聽，吸引力更是老少咸宜。

 SUPER 1615

友坂理惠性格之謎

雖然話有宮澤里惠嘅影子，但係友坂唔似宮澤咁憂鬱。佢係天生開朗嘅女仔，佢容易笑亦容易喊。好似睇＜情書＞時，友坂由頭喊到落尾，完全失控。加上佢一旦遇到難題，都會同朋友山口紗彌加（明治軟糖嘅廣告女郎）傾。試過最高紀錄傾咗成四個鐘，所以要佢為情患「厭食症」，睇嚟都唔係咁易。

 5976

夜光卡買樓記

因為全部特別卡都是以人手加工插進一條條的白卡之中，故此在新一輯卡派貨之前，日和玩具的送貨員工都會在公司特別加班，負責插卡。其中一個員工是老闆阿沈的遠親，在公司工作了多年，家境一般，雖然做了 YES 卡之後，老闆也有分紅給員工，始終是有限之收。但三數年間，這位遠親竟買了美孚的單位自住，阿沈對這也不以為意，畢竟那個時代還未有辣椒，普通市民要上車還是比較容易。而且這位遠親工作勤快，每日都主動留下，最後一個負責關燈鎖門，故此阿沈對他也甚為看重。好死不死，一次出卡之前，公司突然跳電，阿沈趕忙走去打開電箱，重啟電掣。當燈光亮起之際，阿沈赫然發現電箱內有一盒卡，內裡全是夜光卡。追查之下，才發現是那位遠親私藏在電箱內，怪不得他每天主動留下「加班」。後來，就沒有後來了，因為故事是聽來的，故而也不知道這位遠親的下場。

倒是有另一單和夜光卡有關的失竊案，幾經明查暗，終於水落石出，當事人也得了個下場。話說當時的夜光卡是由一間上市的印刷廠 CU 負責印刷，對於 CU 這樣的大廠，印夜光卡也不算是什麼大生意，但人家能夠發展成為大廠，靠的就是生產嚴謹，所以印了幾年，效果還是令人滿意。

可是在 1996 年間，一件怪事出現了。

老鼠卡

YES 雜誌自從由旬刊改為周刊，都是在星期四發刊，後來做 YES 卡，因為配合雜誌的宣傳，故此都是在周五上市。就在 96 年的某月開始，某些地方的店鋪竟然可以買到尚未上市的夜光卡。出現這樣的情況，最大的可能，就是由廠漏出去。這時負責生產卡機的咪理進一步負責 YES 卡的生產，他第一時間找 CU 廠討論。廠方也特別重視這件事件，總經理和副總經理更親自開會討論如何處理，畢竟人家是有頭有臉的上市公司，聲譽重於一切。

紙包不住火，公司得快便查到，搶先售賣夜光卡的，是在灣仔一個舊商場（不是 188）內的一間店鋪。經過一輪商討以及徵詢了律師意見後，廠方決定先向海關報案。因為失竊只是一個假設，並未有確切證據，但有不明來歷的夜光卡卻可以肯定，故此以翻版事件向海關報案可較快得到處理。海關果然很快便採取行動，行動中更要由咪理扮成顧客親自出馬放蛇。他在出卡前的一天和一班便衣海關人員，浩浩蕩蕩的去到灣仔那商場。

那天，果然有未上市的夜光卡賣，小店生意好到不得了，老闆忙得不可開交，也沒有留意到商場來了一班面色不善的成年人。咪理依計向小店買了兩張未上市的夜光卡，共要價 100 大元，隨手要了收銀機打出的收據，說時遲那時快，一旁的海關人員立時撲出，封鋪拉人，用海關封條把小店圍起。

順藤摸瓜，店主供出，貨是由 CU 廠的一位員工供應，於是案件由警方接手，落案控告那員工偷竊罪。咪理本擬在開庭時做控方證人，可能那 CU 廠那個員工自知難以逃脱，直接承認控罪，咪理便也失去了一個上庭機會。

以後不做YES卡了

自從YES卡加進了閃卡之後，銷量是固然是節節上升，可是作為公司業務主體的YES雜誌，銷量在93年之後卻如神枱桔，一路陰乾，每期跌二三百，情勢不甚樂觀。

詳細情況我也不甚了了，YES IDOL的出版可能是其中一個主要原因，兩本雜誌的基本讀者是同一群體，而YES IDOL售價較高，少不免削弱了YES的購買力。另一方面，YES的定位是原創內容，賣的是創作，很耗腦力，去到後93年之後已有些怠倦，而且創作開始交班給第二代，可是能力卻是頗有不如。一來二去，YES卡反客為主，竟然成為了公司收入的主要來源。93年雖然開設了YES STATION，而且門庭若市，尤其出卡之日，更是迫爆店面。問題是，零售的銷售業績固然重要，但更重要的是成本控制。YES STATION在短短兩年間開了超過十間店，除了想增加YES卡獎卡的換領點，還有一個野心是多做明星產品，故此需要有更多的售賣點。生產多了，存貨也

多了，銷量卻不一定跟得上，資金便更加吃緊。除此之外，還有店鋪盜竊、店員盜竊、貨倉偷竊等等問題，可說全身都是創口。

到了95年底，公司財務緊張的情況已是難以為繼，這時老闆早已移民退休，生意交由阿花經營，負責創作的是有份創刊的大哥。咪理辦事幹練，此時也進入了公司管理層，負責帳目，兼管YES STATION的營運。江湖傳聞，因為幾處地方都要輸血，阿花同咪理閉門密斟，最後大家決定向日和玩具提出加價。呢個想法，本來係無何奈何，可以話係最後一招，想不到把YES卡帶進一個新時代。

公司大概是在94年搬離炮台山商場，在觀塘地鐵站附近的工廈租了一個大單位做寫字樓。阿沈同阿劉已經很久沒有在寫字樓出現，到公司提出加價之後，卻看見他們一個月之間上來寫字樓好幾次。最後一之看到他們上來，好像是在95年的年初。一如以往，阿沈同阿劉一起到公司，這次

是找阿花以及咪理。他們進了阿花房間，閉門談了怕有一個小時。阿花平常說話慢吞吞，好像在YouTube用0.5的速度講話，咪理說話急速，音量卻不高，阿沈聲量大，久不久聽到他一句響亮的「我不同意」，房外面的人，大家都隱隱有大事發生了。

一個小時後，阿花的房門打開，阿沈首先出現在門口，面色不善，嘴角殘留一星白沫，大大聲的說：以後不做YES卡了！說畢大步流星，揚長而去，阿劉低下頭緊隨其後。

沒有機，沒有人手，更沒有發行網。如果日和玩具不做，就算臨時找到人去做發行，一時三刻也沒有機器和人手。這次阿花應該很愁了吧。

爭氣

1995年是蛻變的一年，雜誌部門大革新。因為雜誌銷量節節下跌，最終負責創作的創刊大哥掛冠而去，找來一位電影編劇艾莎負責創作部，同時間，YES卡發行亦出現翻天覆地的改變。

自己卡自己發

因為商業談判破裂，日和於95年3月突然發難，暫停發卡，更拒絕支付貨款。日和其實也了解公司財政緊絀，癱瘓YES卡銷售業務，目的是逼公司管理層就範。

斷了YES卡的收入來源，公司營運資金恐怕會馬上斷鏈。所謂病急藥亂投，負責印白卡的印刷廠剛好認識當時的大報刊發行勤力鴨，他們有龐大的車隊和發行網，於相約兩邊洽談合作。這邊廂勤力鴨是猛人，也是精明生意人，那邊廂阿花心高氣傲，總之結局是談不成合作。

最後，只有一條路可走，就是自己生產卡機，組織人手，自己發行。所謂種善因、得善果，公司之前因為協助日和杜絕盜卡行為，而於1994年初投入資金研發生產售卡機，竟然因此造就了自行發行YES卡的機會。

生產卡機的工廠就是自己人，只要有資金，短期內可生產足夠上機，臨時應付市場。負責卡機生產的咪理緊急和中國工廠溝通，要求對方24小時不停生產，於15天內

YES!

交付 120 組（上下各一部）卡機到港應急。

據聞日和當日於香港佈置了約 200 多個銷售點，卡機少說也有 600 到 800 台，反觀公司這時，根本沒有任何銷售點資料或聯絡。事急馬行田，公司即時成立新的 YES 卡發行部，並與印刷工廠協調生產，重新部署物流。同一時間，於系內雜誌刊登廣告，招募現有的 YES 銷售點。

請人的事，相對簡單，要求是懂得開車，勤力誠實，身強力壯。公司多位的外勤員工也充當 YES 卡臨時銷售員，協助尋找銷售點，全部銷售工作都是透過電話或登門拜訪。經半個月的努力拚鬥，公司成功建立了約 80 個 YES 卡銷售點，組織了新的發行網絡的雛形。

接著是組織車隊，購買貨VAN。相對因難的是建立銷售網絡，需要找出每區有擺卡機的店鋪，一家店一家店去談。卡機多數多在店鋪門口，要找出每區大部份的擺機點並不困難，而且幸好當時卡的銷售處於上升階段，大部份店知道以後是YES自己擺機，並沒有太大的異議，很快便答應。不過據說有百分之十的店鋪和舊代理關係特別好，拒絕接受新的安排，實行杯葛YES卡而擺放日和出品的明星卡。

不到一個月時間，新的一批卡機便交付，數量有一百多台，但日和的卡機數量號稱有一千台，在市場競爭上是相當不利的。不過YES卡有宣傳之利，而且是市場

龍頭，這是對方所不及的。

日和出的卡，名字就叫做「新」卡，以對照公司的「舊」卡。這點在定位上是頗為聰明的。可惜偶像卡不是科技產品，標榜新並沒有太大的市場優勢。

反觀 YES 這邊，一律以「雜卡」去稱呼市場上其他品牌的明星卡，等於是山寨的意思。「明星」，販賣的是華麗，夢想。一個二十萬元的手袋，高級的A貨山寨版賣兩萬元，買了來用，可能也不怕被朋友知道。一張售價只是一元的明星卡，有正版不買竟然用同樣價錢去買山寨貨，給朋友知道的話卻很可能被取笑的。

經過了三個月的組建，公司自己發行的 YES 卡，銷量已達到當日代理的水平，更略有增長，主要是受限於機器數目。到了 1995 年年底，YES 卡網絡更擴展至 300 個銷售點，超越日和原來的網絡，為未來的銷售高峰做好準備。這個時候，新卡還有沒有出，已經無人理會。

人才，不搶自來

林青霞，張艾嘉，王祖賢，鄧麗君，林嬌，胡慧中，邵音音，胡錦，鄭佩佩，何莉莉，秦漢，秦祥林，楊群……這些人，香港年輕一代有些可能認識，有些可能不認識。他們有一個共同點，很多人都猜到：全部都是上世紀老一輩的明星藝人。另個同共點，就是他們都是來自台灣。

香港娛樂事業還是繁華盛世的年代，就是一塊大磁石，吸引了五湖四海的人最頂級的人才來到香港，成為香港歌影視圈的一員。是的，不論是台灣，東南亞乃至中國的大牌明星歌星，在自己本地的市場已到頂端，想更上一層樓，就是來香港發展。是的，人才並不需要去搶。這一點，中國人早已知曉，甚至有一句成語去形容：良禽擇木而棲。

七十年代以後的香港，言論自由的程度無疑是亞洲之最，台灣，南韓這兩個現今最自由民主的地區，那時還在政治戒嚴之中。八九十年代台灣藝人仍然喜歡到香港鍍金，就如九十年代香港的頂流導演明星如尊胡、發哥、咸虫、噴射機都前後腳去美國荷里活鍍金。

九十年代台星繁密來港，人數之多，達到頂峰，不少日後以香港為跳板，轉戰中國，更成為全國大腕。屈指一數，有小志，朱皮，紫薇，力紅，小乖虎，霹靂虎，小倩，小魔女，Jolin，瑄瑄，九頭身，

94

Karena，鴨4……等等等等。

　其中不少在日後選擇定居香港，建立家庭，也有些選擇回歸本土，繼續發展，亦有一些去到國內發展，另闖新天地。在這個特定的時空，他們來到香港，或宣傳或工作，都替YES拍了不少照片，成為YES卡的主要角色。

RICHIE

YES!
YES!
YES!
YES!
YES!
YES!
YES!
Vivian
LEE
HOM
Jay

JOLIN

SWEAR
ELVA
YES!
YES!
YES!

可口可樂還是哥喇

1995年11月，YES度過了第5年。五周年的封面，是YES史上第一次用明星做封面。那一期的封面人物是大V，她身寫粉紅色短裙，左手叉腰，右手伸出，五指箕張，自信滿滿的樣子。這一期開始，YES進入了另一個時代。據公司會計部傳聞，早一兩年YES銷量最低潮時，每期賣書只是兩萬上下。這個數字，拿到現在，可能已是雜誌銷量的冠軍。可惜二十世紀九十年代不是二十一世紀二十年代。那時可是香港雜誌出版業的黃金時期，大書林立，有一仔、便利、DON'T周、DON'T TOUCH、後起之秀星期一、日月神刊等綜合周刊，銷量由六七八萬到十多二十萬不等，現在的後生年青人可能難以想像，正如現在的人也想像不到沒有手機的年代，日子是如何的過。YES低潮時期的銷量，實在已是接近死亡的水平，好比一個心律紊亂的病人，需要電擊心臟才能使其重新跳動。

因為自己發行YES卡，每日都有現金入帳，公司的現金流沒有那麼緊張，也為YES的翻身爭取了寶貴的時間。可是瘦田無人耕，耕開有人爭。在95年之前，因為市場吸引，先後出現了不少雜牌明星卡，例如仆卡。沒有想到，最大的競爭竟然是來自YES卡從前的總代理日和玩具。不過，這其實應該是意料中事，因為日和玩

happy anniversary

具有卡機，有發行網，有現成人手，對生產也有相當了解，所欠只是明星相片。這點也不難解決，當時正值香港娛樂事業爆發期，賣明星照片的店鋪成行成市，其中以旺角信和商場最為集中，尤其到了周末，其擁擠程度有如舊時的年宵花市。因此要集到足夠數量的照片做卡，並不是一件十分困難的事。如此這般，日和推出了自己品牌的明星卡——新卡。平心而論，新卡的製作還可以，照片也選得不錯。

記得小時候市面上有很多品牌和口味的汽水，有本地生產的，有外國生產的，甚至有國內生產的，當中便有不少的可樂。可樂是沒有註冊專利的名字，只是一款飲料的名稱，於是便有可口可樂、百事可樂、屈臣氏可樂、長城可樂等不同的可樂。說穿了，不就是焦糖糖水加進二氧化碳和一些所謂的秘密配方。印象最深和個人最喜歡的，是屈臣氏的可樂，官方名稱是哥喇，大概是COLA的廣東話譯音，十分貼地。信不信由你，維他奶也出過可樂，起先直接用維他奶的玻璃瓶來裝瓶，後來可能覺得維他奶溝可樂不是一個好主意，便把名稱改做維他可樂，連瓶子的設計也改了。這一大堆不同品牌的可樂，後來都消失了，香港市場上的可樂，主要就是可口可樂，其次是百事可樂，不過提起可樂，大家直覺都會認為是在講可口可樂。

哪一張是 YES 卡？

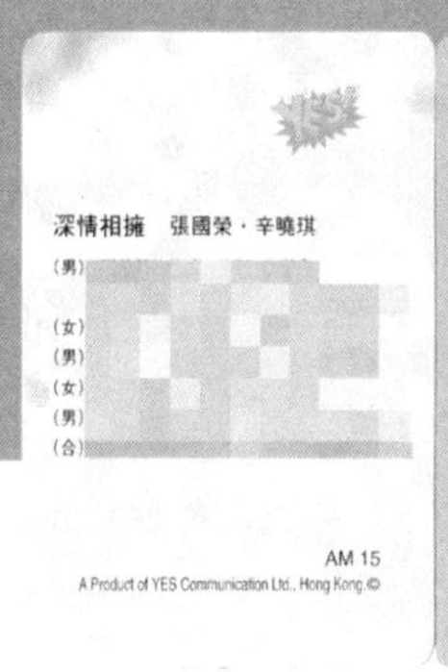

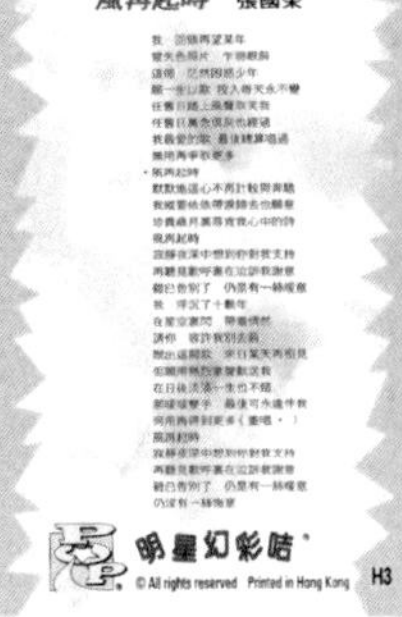

答案：左 YES 卡右仆

明星卡的情況也彷彿相似，提起閃卡，人們就會想到YES卡，不會是其他，不會是仆卡，也不會是什麼新卡，更不要說其他小本製作的明星卡。實際上，YES卡在市場上是一枝獨秀，全無對手。很快，日和玩具也發現了這個事實，推了沒有幾輯的卡便意興闌珊，轉行去賣時裝了。

有競爭才有進行，這是世界上大部份經濟學家都同意的事情，而不同意的那小部份，並不是經濟學家。由於市場上有那麼多不同的明星卡，雖然YES卡佔有壓倒性優勢，公司也不敢怠慢，不斷的加入新卡種，以及配合雜誌大搞不同的市場推廣活動。之前提及的SUPER YES卡，抽中的人可憑卡到各YES STATION換取一張明信片大小的閃卡，俗稱大閃卡。原來這張卡除了換大閃卡，還可以選擇到YES STATION換五十元現金。

YES!
STAMP
To :
From :
A Product of YES! ©

OR

香港上海滙豐銀行
THE HONGKONG AND SHANGHAI
BANKING CORPORATION
A/7 596150
伍拾圓
50
PROMISES TO PAY THE BEARER
ON DEMAND AT ITS OFFICE HERE
FIFTY
DOLLARS
OR THE EQUIVALENT IN THE CURRENCY
OF THE COLONY, VALUE RECEIVED
BY ORDER OF THE BOARD OF DIRECTORS
HONG KONG 31ST MARCH, 1983.
香港 HONG KONG 香港
MANAGER
GENERAL MANAGER
50
伍拾
DIEU ET MON DROIT

YES 卡萬元戶

獎金，永遠是市場上最大的動力。在96年時，YES 雜誌曾經辦過一個叫做 YES 卡萬元戶的活動，辦法十分簡單，寄上任何一張即期 YES 卡，連同個人聯絡資料便可參加。當其時，互聯網才剛起步，要上網先要經 modem 撥號，是類似打電話的動作，接通了線路，再打開瀏覽器才叫上網。記憶中，香港要到 1997 年才開始有電郵服務，而且不甚流行，是很高科技的高端服務。

辦萬元戶時，參加者都是以郵政方式把信寄到公司。因為信件太多，郵差並不派信，而是到了星期五和星期六，兩位辦工室助理每天由郵局抬來兩三大袋的信件，少說也有兩三千封。到了周日，創作總監便從來信中隨機抽出一位幸運兒，以電話通知，再相約時間由記者持款，陪同任意購物，預算為一萬港元。購買過程，當然有記者同攝影師全程記錄，

得獎者理論上可以用全部獎金購買黃金，不過似乎沒有人這樣做。得獎者最常會買的東西，多是年青人夢想得到的東西，例如 CD walkman，SONY 或是任天堂的遊戲機，名牌運動鞋，背包，手袋，電腦。

印象比較深刻的一次，是一位男孩由媽媽陪同購物，買了不少家中電器，例如冰箱之類，可以說是幸運家庭。那個時候，一天之內花一萬元購物，對於十來歲的年輕人來說，可是很過癮的事情。

負責報導萬元戶的記者，是有YES之花之稱的雯雯。她後來成為了YES IDOL的掛名總編，也有主持YES舉辦的各類活動，例如迷你音樂會、校花校草選舉之類。雯雯人甜聲美，十分和藹可親，是九十年代YES的icon，自然也有她的YES卡。

YES的另一icon自然是華少，他中四時便已在YES做兼職的創作員，到專上畢業後更轉為全職。其實和華少一起創作的還有古域——YES的又一icon。兩人通常一起度橋，然後由古域做文字創作，華少則在幕前出鏡，扮鬼扮馬。當日華少之紅，甚至有唱片公司替他錄了一張搞笑歌的專輯發行。當年的華粉，一定還記得〈姨婆掉眼淚〉這首經典歌。大概是2017年，渣打銀行找來了四萬和華少拍廣告，由四萬親自唱出，可見其深入民心。YES卡，怎可能沒有華少份？

如果萬元戶這個活動是現在搞的話，隨行記者便不只是拍攝硬照，而是會更著重錄影拍攝，剪輯好後放上 YouTube，過程會更加精采。當然，這只是如果，歷史是沒有如果的。而這個潮流的改變，也許正是平面雜誌沒落的原因。

這類互動的內容，也是當時 YES 轉型所走的路線，是在明星內容以外的主要改變。用互聯網的術語，便是由 WEB1.0 走到 WEB2.0。

YES 卡在這個 WEB2.0 的氛圍下，就像在戰場中投下集束彈，千枚齊發，嘭嘭嘭嘭嘭嘭嘭嘭嘭，閃耀照亮了閃卡的市場。

在那個時代，閃卡是一種會令人上癮的物品，好比酒和香煙。癮分為物質成癮及行為成癮，行為成癮是和物質無關的強迫症，如賭癮和網癮，是描述一種高頻率反覆從事的強迫行為。有時成癮（addiction）會和物質依賴（substance dependence）混淆。

兩者主要的不同是：物質依賴者在中斷物質使用後，會出現戒斷症狀，甚至造成更多的使用該物質，而行為成癮是強制性的從事特定行為，不一定有戒斷症狀。

從抽卡的瘋狂程度來看，抽卡肯定可以介定為成癮的活動，只不過這個活動的背後，其實是由很多精心設計的產品設計和宣傳推廣去推動。數一數不同的 YES 卡，真的會令人發顛，我不相信世界上有可集齊有史以來所有不同種類的 YES 卡。

嘭嘭嘭嘭嘭嘭嘭嘭
Kelly
Charlene
Gillian

白卡

罕有度：★

全盛時期，白卡每月印量超過四百萬張，而且維持了好幾年時間，是一個十分誇張的數字。

由91年第一輯YES卡開始往後的十年，保守估計總印量應該超過200,000,000張，相信有大量傳世，但個別藝人的卡還是十分罕有的。

KENIS
GOLDEN YES! CARD
YES!

Charmaine

MICHAEL
GOLDEN YES! CARD
YES!

閃卡

罕有度：★

YES卡的代名詞，就是閃卡。說起閃卡，人們自然會想到YES卡。事實上，閃卡也經歷了很多變化。第一代閃卡是原張貼紙印製，產自日本，成本較高。後來找到台灣生產的閃紙材料，已不再是貼紙，而且有多種圖案的選擇。因為生產量夠大，到中期YES便自行設計圖案，委托台灣廠商生產。先後設計過兩款的YES專屬圖案，相信很多炒家也沒有留意到。閃卡是白卡以外生產量最多的卡種，數量龐大，但某些明星，例如哥哥的閃卡還是很珍貴的。

YES!
YES!
YES!
YES!
Step

閃膜卡

罕有度：★★★★½

閃膜卡是另一種的閃卡。

一般閃卡，是先在閃紙材料上印一層白墨，遮掩閃的底紋，再在白墨版上印人像，最後過膠膜，便會有背景閃而人不閃的效果。

閃膜卡是先把圖像印在卡紙上，再過一層有激光圖案的膠膜，出來的效果便是整張都有激光圖案的閃卡。

閃中閃

罕有度：★★★★★

閃中閃卡，是在揭開第一層閃卡後，下面還有一張閃卡。據說靈感是來自日本的龍珠卡，在龍珠卡系列之中也是相當之罕有。現在YES的閃中閃已經成為都市傳說，就算在當年，活躍的玩家也很少人見過實物。以我所知，閃中閃數量極少的原因是每張都是人手製作，而且損耗極高，成本也極高，故此生產數量少，有此卡的輯數也少。

雙面閃

罕有度：★★

雙面閃卡好比是把兩張千元大鈔貼在一起，是前閃後又閃。記憶所及，一條卡大概是 500 張，之中，白卡佔 420 張，而普通閃卡則有 40 張左右，夜光卡是 10 張，其他仲有 30 張特別咭，如紙夜光，雙面閃，幾張獎咭。可以見到，夜光卡比例只有 2% 左右，所以特別珍貴。至於雙面閃因為在生產過程中損耗較大，而且成本高，所以並不是常設卡種，以同一輯中的數量去計算，可能比夜光卡更少。

大閃卡

罕有度：★★★★½

大閃卡很早便出現，如上所述，是明信片大小，以抽到的SUPER YES卡去店中換領。由於是很早期的產品，很快由其他卡種取代，加上抽中的人可以選擇換取50元，故此相信世間流傳的數量不會很多。

迷你閃卡

罕有度：★★★★

迷你閃卡，其實就是一張縮小了一半的閃卡，當初是因為YES推出自己品牌的袋裝紙巾，故此特別生產放進紙巾包裝內，作為速銷之用。

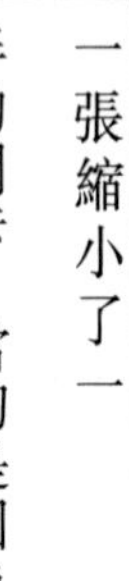

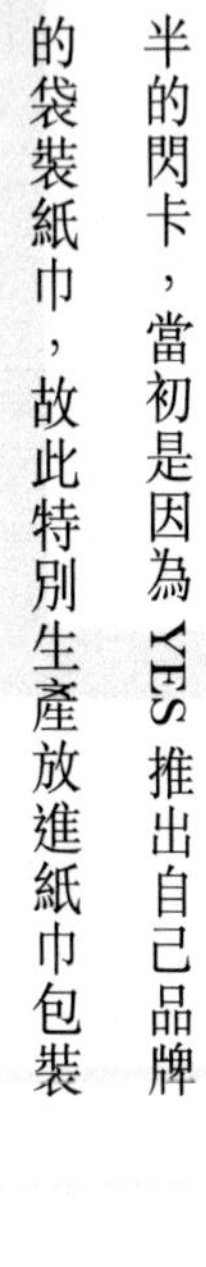

幻燈卡

罕有度：★★★★★

幻燈卡是頗有創意的產品。

這是一張透明的明星卡夾在兩張中間開框的紙卡中間，仿效幻燈片的效果。

這款卡不算是最受歡迎的卡，可能那時候的年青人對幻燈片已沒有什麼印象，不知道其好玩之處。

紙夜光卡

罕有度：★★★★

紙夜光是貼紙卡，但材質是紙而非膠卡。

夜光紙是在表面塗了一層磷質物料，吸光以後，在黑暗中會發出暗弱亮光。

圖像是直接印在夜光紙上。這種材料本身是貼紙，放久了四邊會收縮，露出底紙的四邊，公司高層並不太滿意，在出了沒幾輯之後便停產。

YES!

YES!

YES!

YES!

夜光卡

罕有度：★★

夜光卡，其實就是信用卡換上明星樣，再在上面以夜光油墨印不同的花樣、圖案。簡單來說，只是一張塑膠卡。可就是這樣一張膠卡，比閃卡還要受歡迎，炒價可以高達一百元，以致有人為它以身犯法，從各種渠道偷取去販賣。一來成本高，二來物以罕為貴，一條卡中，大概只有10張夜光卡，抽中機率是相當低的，一旦抽中，圍觀的人都會起哄，喧鬧不已。這可能是香港商品marketing史上最早的飢餓行銷策略的個案。阿花，好樣的。

夜光卡卡底和白卡也差不多，不同之處，是其卡底印也印上夜光圖案，故此是雙面夜光，比白卡漂亮得多。這一點，相信很多玩卡的人也沒有留意到。印象中夜光卡的排版是6X5，故此最多可以排30款，但一般不會出那麼多款，多了便不矜貴，可能是4、5款那樣。

NICHOLAS

處女座

優點：多才多藝、自律

缺點：律己過嚴、愛批評

評論：對周遭的諸多意見，對人對事都同樣嚴格，所以攻讀社會學、關心與抨擊時事的工作最合適。

YES 09 41

男朋友去咗外國留學，呢個時候有個靚仔向你展開追求，約你食飯，你會點？

A. 準時赴約，諗住做個朋友，唔畀男友知。
B. 一樣照去，都係諗住做個朋友，但畀男友知。
C. 拒絕佢，話佢知已經有男友。
D. 同朋友、家人商量後才決定。

分析：測試你容唔容易變心。
A. 騎牛搵馬，專一度30%。
B. 除非對方先對你唔住，否則唔會變心，專一度70%。
C. 癡心一片，專一度100%。
D. 非常現實，專一度50%。

A Product of YES! ©

6901

雙色卡

罕有度：☆☆☆☆

雙色卡也是玩味十足的卡，應用到印刷原理。所謂四色印刷，是彩色印刷時的一種套色方式，用四個顏色油墨疊印，以呈現稿的色彩。四色指的就是C（Cyan青）、M（Magenta洋紅）、Y（Yellow黃）、K（Black黑）。青、紅、黃為三原色，洋紅色加黃色會形成紅色；洋紅色加青色形成藍色；青色加黃色形成綠色。理論上，上述三種顏色相加，可以形成包含黑色在內共1,030,301色，但實際印刷時，三原色疊加調和後，

改良完美版幻變咭神奇顯現法

1. 找出圖像相同的顏色紙咭和透明膠片咭。
2. 將透明膠片咭揭下。
3. 小心將透明膠片，對位貼在顏色紙咭的圖像上。
4. 將虛位壓緊，便可見到圖像神奇地變成彩色。

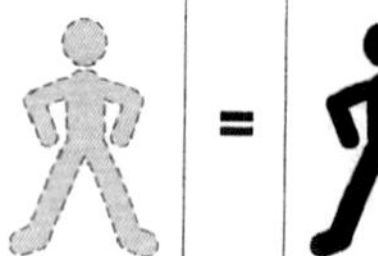

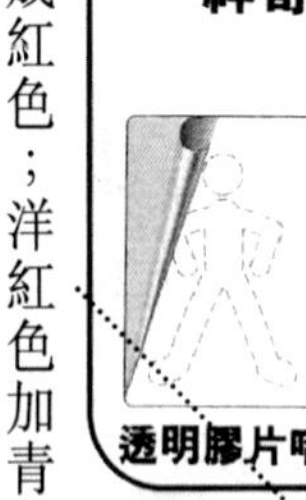

其實無法調出真正的黑，所以再加上黑色來強化顏色的層次。在印刷前會將原稿分色，製作對應到四色的凹版版銅，透過C、M、Y、K各色油墨印刷機台疊色印刷後，印製出多彩的圖案。簡單地說，雙色卡就是把一張照片分為兩組色去印刷，一組在膠片上只印紅黑色（M+K），另一組在卡紙上只印黃色和藍色（Y+C），只要抽到兩組色的卡，相疊在一起，便會現出一張完美的稗稗彩色圖片。

雙色卡的設計構思，是要抽卡者抽更多的卡，才能湊到兩張同款雙色卡，疊起成為完整的彩色卡。可能玩法較複雜，故此上市時間較短，數量也不多。

磨砂卡

罕有度：★★

磨砂卡是透明膠卡，模仿磨砂玻璃的粗糙表面，給人一種矜貴的感覺。早期設計以原相印在膠卡上，十分古典。千禧年後的設計多會加上圖案框架，不知是否想扮成相架。哪個設計較好，便見仁見智。發行量來說，比例上不是太多，但絕對量來說，也有不少。

YES!
YES!
YES!
Shine
YES!

光柵卡

罕有度：★★★

光柵卡，官方名稱好像是幻變卡。在同一張卡上，只要改變卡的視角，便可以看到不同的影像。光柵印刷的原理其實很簡單，每一張光柵片（光柵板）是由很多細小條狀的透鏡所組成的薄片。將兩張不同的圖像，拆成細條並組合在一起，印刷在片材背面。觀看時，透過透鏡的折射角度影響光線的走向，就能看到不同的影像。我手上的樣版可以看到三重圖像，都市傳聞，甚至有五重圖像的。

YES!
32
YES!
CARD COMBO
YES!

刮刮刮卡

罕有度：☆☆☆

刮刮刮卡，又名GAME卡刮刮刮，基本上就是抽獎卡，卡上有三個銀膜覆蓋的圓點，玩者只能刮走一格銀膜，換領卡上的禮品。

以AO這輯卡的刮刮卡為例，印在上面的玩法規則是這樣的：

純金YES!卡過三關

刮到「純金卡」字樣，可憑卡到旺角YES STATION換取即期純金YES!卡一張

刮去9方格後，出現連續3格YES!標誌，可憑卡到旺角YES STATION換取新款

G SHOCK 或 BABY-G 手錶

刮到（大閃刮）字樣，可憑卡到任何 YES STATION 換取大閃咭一張

刮到偶像過三關，可憑卡到任何 YES STATION 換取 YES POST 卡一張

刮到（會員籍）字樣，可以憑卡到任何 YES STATION 辦理入會手續

下方還註明本券有效日期到 1996 年一月三十一日，可以知道這是96推出的第一輯卡。

可以想像，當日年青人刮卡抽到一隻 G SHOCK 或 BABY G 手錶，其時的潮物輕奢侈品，會是多麼的興奮。抽到純金 YES 卡固然好，但是機率太低，一般不會奢望抽到。

99年1月的 YES 卡出了一張酒井的刮刮 GAME 卡，只有一格可刮，由1至8號，刮中1號可換原裝正版酒井寫真集一本，2號可換原裝正版有辦你睇寫真集一本，3號可換酒井 Post 卡 Set；4號換酒 5R 大相一張；5號換 YES 偶像月曆；6號換 YES 偶像小海報1張；7號換日本 SNOOPY 鉛芯筆連芯一套；8號換 YES 偶像小貼紙。以一元的代價有這麼多的玩意，難怪會抽卡成癮。

換領卡

罕有度：★★★

換領卡，是刮刮刮卡以外的其他獎卡，最普遍的有2R過膠相換領卡，99年7月的這輯YES卡，可以換的偶像相片有奪面旗，廣告天后。還記得那時有個小房間，本來是阿花在辦公，後來公司為了印相片，專門買了一台自動曬相機，那個小房間便被徵用來安放曬相機，兼做黑房。自從有了曬相機，公司內整天漂蕩著一股酸酸的藥水氣味，甚是難聞，是以印象深刻。每次新一輯卡上市前，負責沖曬照片的鍾斯都會戴上口罩，

YES! GAME CARD

YES!

憑券可到各
YES! STATION換取

即期
2R過膠相
一張

遊戲規則：
1.此Game Card如模糊不清、損毀、塗改
整、印錯或撕損，均被視為無效而作
不能領取任何禮品。
2.此券有效日期至一九九九年七月十
3.所換領的禮品款式或型號由YES! St
決定，換領人不得異議。
4.本券不得兌換現金。

關上房門操作好幾天。曬好的照片便裝在紙箱內，交給庶務同事去過膠，怕且也有好幾萬張。

1997年，香港雖有手機，但還不太普遍，起碼學生有手機的還不多。這年YES卡加進了換領一次性的電話卡，抽中了換領卡，便可到YES STATION換取一張有偶像相的電話卡，通常分A、B兩款可選。卡的背後有啟動密碼，包含若干的金額，可用以撥打國際長途電話。

YES!

憑此咭可在

21-11-97 至 2-1-98

往任何一間 YES! STATIO
換取即期 Internet Card 一
每人每次限換一張

換完即止！

換領 YES
店務員將

手頭還有一張比較特別的 INTERNET 卡換領卡，日期是97年12月。97年還是香港互聯網的起步期，再十年臉書才面世。

第 1 張 YES 卡電話卡

97年時不要說什麼 4G、5G，尚要撥號上網，即通過本地電話線經由數據機連接網際網路。這在 1990 年代網路剛興起時比較普及，但因收費昂貴、速度慢，漸漸被寬頻連線取代。至於這張 INTERNET 卡是什麼模樣，換到後如何使用，已不可考。

到了 2004 年的時候，手機在香港已經十分普遍，不少中學生都手持一部。這年 YES 卡也加進了和弦鈴聲、彩色 wallpaper 免費下載。這張下載卡是膠卡，前面是偶像相，後面是下載的專線電話以及有銀膜遮蓋的啟動密碼，以及使用方法。可能很多人都不知什麼是鈴聲下載。所謂鈴聲，是指自行設定的電話鈴聲，手頭這一期的選擇有蜜月、即影即有、花好月圓夜、相

依為命。至於牆紙的選擇有芝柏、阿祖、KARENA、淨贏。

2001年以後，YES出品的偶像產品主要不作售賣用途，而是用來作為YES卡抽獎卡的獎品。就記憶所及，最多的是海報和卡的收集簿。在芝士出道的頭兩年，即2001、2002年，不少偶像產品都是以芝士為主角。之後的03、04年新人輩出，真正是花多眼亂，包括有F4、J、2R、長頸鹿、悲史、餅女等等等等，有男有女有組合有香港有台灣，都造了不少偶像產品。值得一提的是這時日星熱潮已消退，而韓星悄悄抬頭，但在YES並不多見。

GAME 卡

罕有度：★★

GAME 卡是後期加進的抽獎卡。

玩法是抽中後可到 YES STATION 或其他指定店鋪換領一份禮物，例如專門的 YES 卡收集簿。

至於，去其他店鋪換禮物是後期 YES 的廣告活動之一，主要目的是把人流帶到 YES 的廣告客戶。

砌圖卡

罕有度：★★★★★

砌圖卡，是真正的jigsaw拼圖，是YES卡的另一款大胆嘗試，因為太厚，要抽到換領卡後去YES STATION換取。手頭僅有的實物版也不完整，僅有三粒小拼圖。上市輯數不詳，應不超過2輯。

廣告天后的砌圖卡

立體卡

罕有度：☆☆☆

立體卡，有點取巧。它就是一張平面卡紙，在上面 Kiss Cut（半穿）明星偶像的全身或半身像，玩時把人像推出，折成可以座枱的 Die Cut 卡。

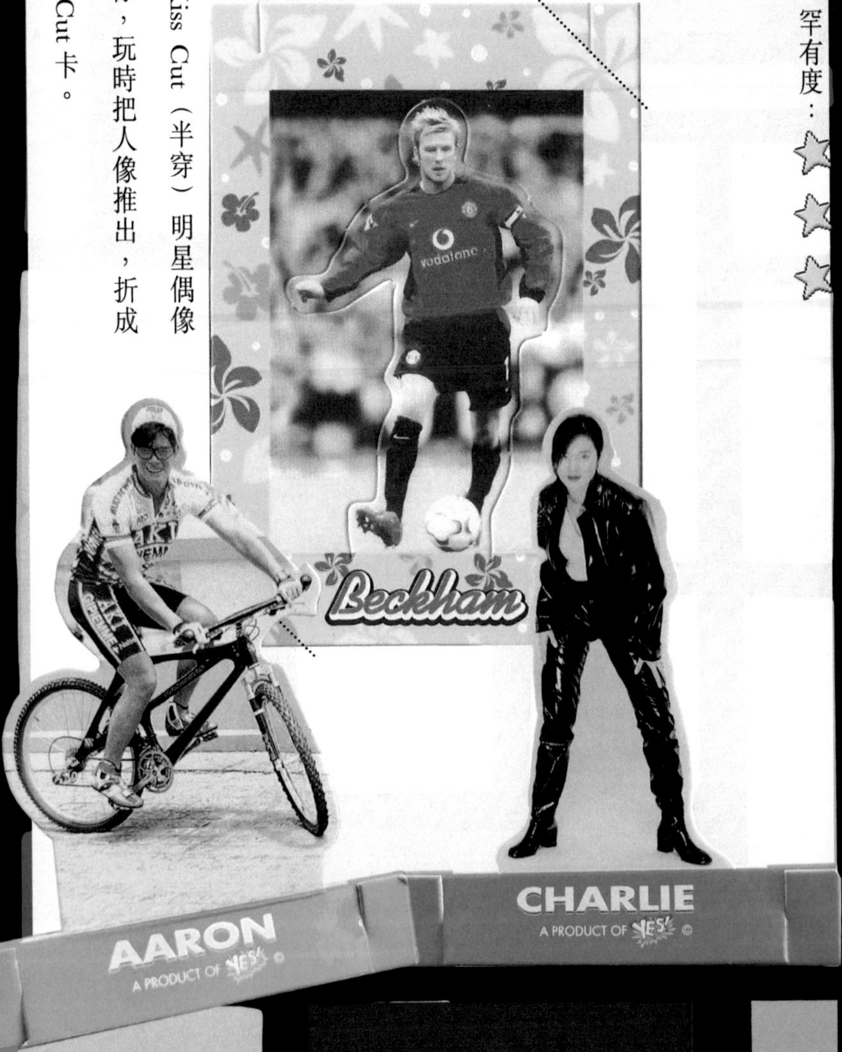
vodafone
Beckham
AARON
A PRODUCT OF YES! ©
CHARLIE
A PRODUCT OF YES! ©

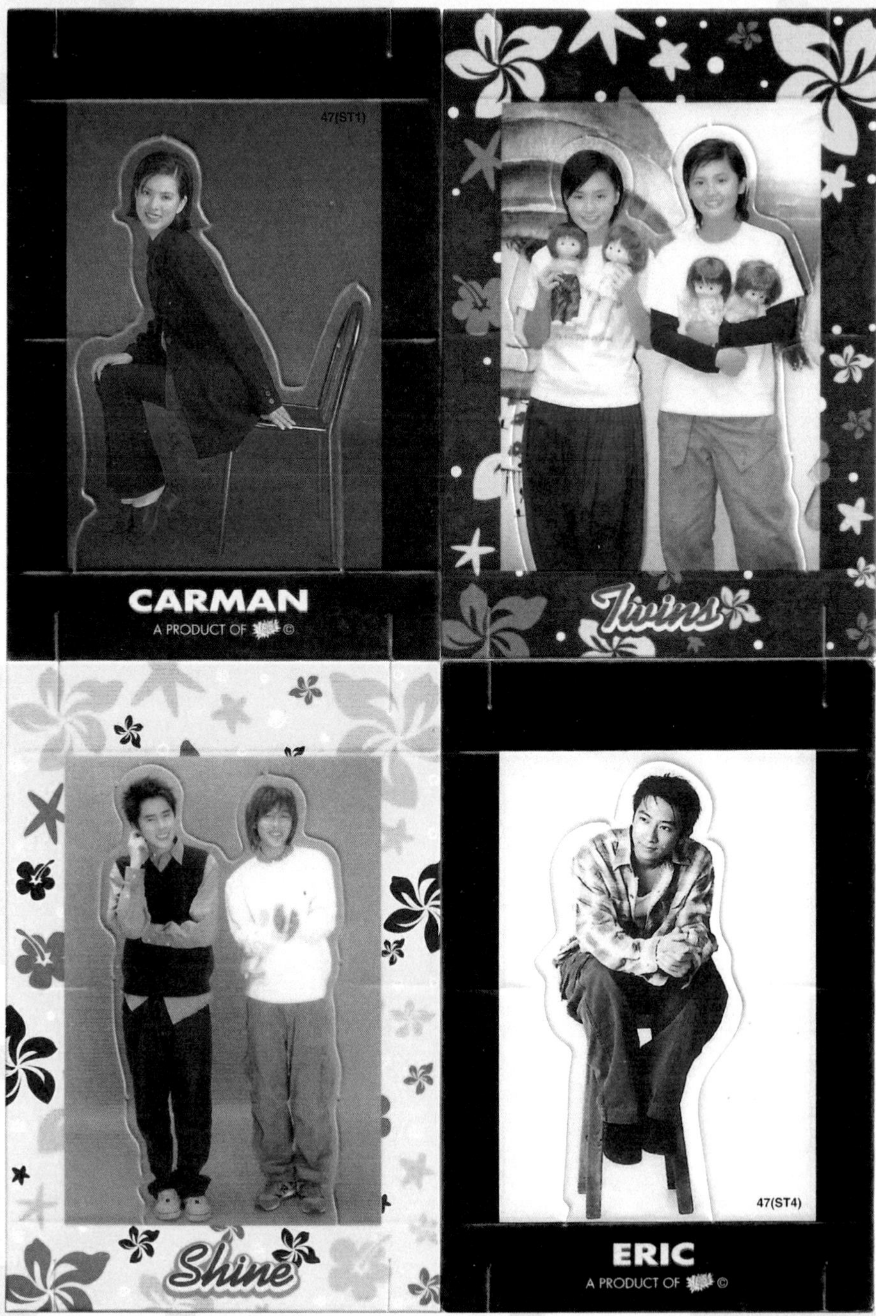
47(ST1)
CARMAN
A PRODUCT OF ©
Twins
Shine
47(ST4)
ERIC
A PRODUCT OF ©

黃金卡

黃金卡是以本傷人之作，因為是印在據稱是999真金的卡片上。由於作本超高，每期只有極少數量，且不是全部送出，故此極其珍貴。

9999純金咭 (GS02)

燙金卡

罕有度：☆☆

燙金卡很早便出現，在第3輯的卡已經有。

很明顯，這是在做到閃卡之前的增值方案。早期只是燙標誌，後來加上簽名燙金，便名貴得多了。

YES!
YES!
YES!
YES!

金卡

罕有度：☆☆☆

金卡，和黃金沒有關係，叫金卡，是因為每一張都有燙金。金卡是用較厚的卡紙印刷，裁方角，照片理論上的精挑細選，亮點是每張賣2元。普通的YES卡是每張1元。因為賣2元，所以要特別調校投幣槽，出卡時，把白卡的機頭換上，換上金卡的機頭，所以白卡和金卡是梅花間竹的上市。

GI GI
YES!
GOLDEN YESI CARD
BEYOND
YES!
GOLDEN YESI CARD
ATHENA
YES!
GOLDEN YESI CARD
CARMAN
YES!
GOLDEN YESI CARD

金箔激凸卡 罕有度：★★★★½

金箔激凸卡是把照片退地，把人像印在金箔卡紙上，再壓上LOGO和明星名字。這款卡金光閃閃的，甚有氣勢，加上背景大大的LOGO，很有特色。

這款卡要退地，對照片的要求較高，而且效果有些人會覺得單調，只能算是實驗性質，可能只出了一兩輯，其珍稀程度及得上閃中閃。

YES!
KELLY
YES!
ERIC
YES!
CARMAN

鏡卡

罕有度：★★★★☆

鏡卡有點搞笑，算是無中生有的特別卡點子，可能阿花想到沒得想，用來應付市場的一時之作。

所謂鏡卡，就是卡面印了明星照，卡背是類似鋁紙的銀色面，略為反光，用作照鏡。

當然，是沒有照鏡效果的。可能知道是過渡性產品，數量極少，可說珍貴。

貼紙卡

罕有度：☆

貼紙卡的出現，是對應九十年代一度風靡全港的貼紙相熱潮。將照片印成貼紙這個新玩意在1995年7月在日本面世，但事隔一年才真正帶起熱潮，是因為日本組合SMAP在電視節目中介紹過後才突然爆紅。

貼紙相是在90年代末由日本傳來香港。1998年，旺角瓊華中心地庫的「青春無限」開業，面積超過5,000呎，營業到

YES!
HYSTERIC
HEAVY
HYSTERIC
HEAVY
METAL

凌晨一時，成為青少的熱門聚腳點。相信九十代成長的青少年，除了扭卡，都一定和朋友戀人拍過貼紙機。

貼紙卡的構思是模仿貼紙機的印出來的效果，後期還出了夜光貼紙。除了收藏，還可以撕下來到處貼，貼在書上，貼在筆上，貼在自己的照片上，貼在杯上，無所不貼。因為是消耗品，玩得愈多，消耗愈多，便抽得愈多。貼紙卡是YES卡一個主要的副線產品，發行量巨大，估計民間收藏的還有不少。

激凸卡

罕有度：★★★★½

激凸卡是在紙卡上壓出花紋，作為特殊效果，為一張本來平平無奇的卡紙增加趣味。

Tetr Pak
CAJA PULAR
TUCUMAN

鐳射卡

罕有度：★★★★

鐳射卡是用特殊鐳射刻紋的紙張印刷，印刷方式和閃卡相仿。

人像退地印白墨，再印照片，沒有白墨的地方會透出鐳射刻紋，整體效果滿不錯的。

這款卡也是帶有實驗性質，似乎是用作測試，出現的時間較短，可能只出了幾輯。

Arron Carter, 1987-2022

拼圖卡

罕有度：☆☆☆

拼圖卡並不是真正的 jigswa 拼圖，而是同一輯內，同一偶像的四張白卡，卡底拼在一起，便可以湊成一張該偶像的大圖。通常能出拼圖卡的偶像，首要條件是要夠紅，粉絲人數夠多，其次要有足夠多的漂亮照片，可以形成一組圖。這款拼圖卡單獨一兩張來說並不罕有，但是如果能夠湊成一組，整組卡是頗為罕有的。

YES!
YES 09 22
YES 09 40

3D立體卡

罕有度：★★★★½

人的兩隻眼睛相距6-7厘米左，兩隻眼睛看物體時是從不同角度看到的兩個稍有差別的圖象，大腦將這兩個具有視差的圖象合成後，形成立體的感覺。和人眼的原理一樣，3D照片採用兩個鏡頭分別對同一景物拍攝，得出兩張照片。將這兩張角度稍微有差別的照片並排放在一起，再以裸眼觀看，便會看到立體的影像。3D立體卡便是採用這樣的原理去製。由於要使用特別的相機去拍攝，出來的相片成像度不及單反機，比較粗糙，故此只有小量生產，上市期間也很短。

日本漫畫卡 罕有度：★★★★★

九十年代有一套很流行的日本漫畫叫《咕嚕咕嚕魔法陣》，作者是衛藤浩幸。故事描述300年前被封印的魔王吉利復活，主角勇者尼克和柯柯麗須合力把吉利再一次封印。沿途上二人路經不同的村落，接觸不同的人，並透過修行提升等級，展開了充滿趣味歡樂的冒險旅程。這套漫畫因為大受歡迎，很來也衍生了動畫和電視遊戲。

主要角色都可愛漂亮，造型和背景也十分有特色，在YES和台灣當時第2大的漫畫出版社大燃合作期間，便推出過一套《咕嚕咕嚕魔法陣》專輯卡，在YES卡的歷史上算是一個獨特的存在。由於只有一輯，數量也不多，故此十分珍貴。

心理測驗

YES卡的成功，除了明星照片漂亮，抽獎豐富，還有一些其他元素。

和大家玩下心理遊戲：假如你聞到了拉麵的香味，你會以為是哪種拉麵？

- 醬油拉麵
- 味噌拉麵
- 麻辣拉麵
- 叉燒拉麵

分析

拉麵的種類象徵了你希望別人對你的態度。

- 醬油代表細心、單純、爽快

• 味噌代表溫柔、週到

• 麻辣代表刺激、令人心動的感情

• 叉燒代表積極、活潑、有朝氣

玩多個心理遊戲。

你男友多數食邊類午餐？

• 餐廳嘅商業午餐

• 飯盒

• 街邊檔

• 自己帶飯

分析

食飯對一個人嚟講係最重要嘅事，大家都希望喺良好氣氛環境下食餐飯。男人嘅一餐晏仔會反映出佢嘅內心希望造愛時嘅氣氛係點。

• 餐廳嘅商業午餐代表有計劃地大家沖乾淨涼，播音樂，較暗燈至開始。

• 飯盒代表佢鍾意少少偷情感覺，公廁、電梯甚至露台都會係佢嘅搞嘢理想地點。

• 街邊檔代表佢居然鍾意污糟，搞成身大汗嘅肉搏戰，或加少少泥漿 Feel 佢都鍾意。

• 自己帶飯代表乜都要有規有矩，連造愛都唔例外，一定要喺房張牀上做，仲要做足預防措施。

星座分析

除了心理測驗，另一種最常見的卡底就是星座分析。你，了解山羊座嗎？

你知道山羊座的分手度嗎？

山羊座的分手指數是1星、5個星最易分手)。

分手原因方面，山羊座可以說是最忠心的伴侶，他們不愛偷食，不想破壞穩定的感情，除非對方首先不忠，否則真的是打風打唔甩。

山 羊

分手度星座配對

分手指數：★（5個★最易分手）

分手原因：山羊座可說是最忠心的伴侶，他們不愛「偷食」，不想破壞穩定的感情，除非遇上對方首先不忠，否則真的是「打風都唔甩」！ 00 26(S)

YES!

手機鈴聲

手機鈴聲大概從2000年開始有大幅度的變化，那時大部分用戶如果想要換鈴聲，就會撥打專門的電話輸入5至6位數的數字下載鈴聲，但下載的價格實在太貴了。許多使用者例如我，想要省錢又不想要只用預設鈴聲，就會去買手機MIDI(Musical Instrument Digital Interface)鈴聲編曲的資料。當時手機鈴聲編曲的方式大致上都差不多，利用手機上面的按鈕，輸入1、2、3…，按1次或連按2次會有不同的音階，

Canon

Sony

0 6* 4#***** 5***** 6* 4#***** 5***** 6***** 66*****
7***** 11#***** 2***** 3***** 4#***** 5***** 4#* 2*****
3***** 4#* 44#***** 5***** 6***** 7***** 6***** 5*****
6***** 4#***** 5***** 6***** 5* 7***** 6***** 5* 4#*****
3***** 4#***** 3***** 2***** 3***** 4#***** 5***** 6*****
7***** 5* 7***** 6***** 7* 11#***** 2***** 666*****
7***** 11#***** 2***** 3***** 4#***** 5***** 6***** 4#*
2***** 3***** 4#* 3***** 2***** 3***** 1#***** 2*****
3***** 4#***** 3***** 2***** 1#***** 2* 777*****
11#***** 2* 22***** 3***** 4#***** 5***** 4#***** 3*****
4#***** 22***** 1#***** 2***** 777* 22***** 1#*****
777* 6***** 5***** 6***** 5***** 4#***** 5***** 6*****
7***** 11#***** 2***** 777* 22***** 1#***** 2* 1#*****
777***** 11#***** 2***** 3***** 2***** 1#***** 2*****
777***** 11#***** 2***

Nokia

6* 4#8 5 69 4#8 5 6 6** 7 1#* 2 3 4# 5 4#9 28 3 4#9
4#**8 5 6 7 6 5 6 4# 5 6 59 78 6 59 4#8 3 4# 3 2 3
4# 5 6 7 59 78 6 79 1#*8 2 6** 7 1#* 2 3 4# 5 6 4#9
28 3 4#9 38 2 3 1# 2 3 4# 3 2 1# 29
7**8 1#* 29 2**8 3 4# 5 4# 3 4#
2* 1# 2 7**9 2*8 1# 7**9 68 5
6 5 4# 5 6 7 1#* 2 7** 9 2*8 1#
29 1# 8 7** 1#* 2 3 2 1# 2
7**1#* 2999

YES!

www.yes.com.hk YES! Card XLiji86(s)

對應的就是Do、Re、Mi…，手機螢幕會出現數字還是五線譜，根據不同品牌有不同操作，有的機型可以用預設的鈴聲去改，有的就要完全從零開始。自編鈴聲幾個重點，「Tempo」代表的是歌曲設定的速度，後面接著「8c2、8d2、8e2」，按照樂譜按下鍵盤，就會出現「Do、Re、Mi」，整段副歌的編譜就充滿了數字和英文，很像亂碼。大部分的機型編輯到一半可以重複測試，判斷這首歌編得對不對，有的機型設定更細緻，可以調整曲子的速度，看是要快速、普通、些微延遲和延遲，還可以編8和弦、16和弦和32和弦，製作完畢還能選擇音色，將曲目調整成比較高亢或是比較厚實的聲音。

大家如果手頭還有二十年前的舊款手機，可以參照以下卡底的編碼試試入歌，生成鈴聲，相信會很有趣。

遊樂場　謝霆鋒

曲：謝霆鋒　詞：林夕

(Nokia 3210 3310 8250)

Tempo / 節奏 = 125

686#69686#69686#6199*588**659586595865

199*488**5494854545696#69#48(3)9688#6#

69#5819*69**#688569692849688#6#69#5819

*69**#48842*1699**#288*16**#669#69#6881*

(1)99466666128499685681 99*688**1*6**1*29

6**6 28*296**66854946(5)948666661284996 8

568199*688**1*6**1*296**648*396**6685494

6(5)948(1)9*

( ) 代表長按

(Motorola V8088)

2 A2 A#2 A4 A2 A#2 A4 A2 A#2 A2 C+6 G2

A2 G4 G2 A2 G4 G2 A2 G2 C+6 F2 G2 F4 F2

G2 F2 G2 F2 G2 A4 A#4 A#6 F4 E7 A#2 A#2

A#4 G2 C+4 A#6 A2 G2 A4 A6 D4 F6 A#2

A#2 A#4 G2 C+4 A#6 F2 F2 D+2 C+2 A#6

D+2 C+2 A#2 A2 A#4 A#6 A#2 C+2 C+7 2 F4

A4 A4 A4 A4 A4 C4 D2 F6 A4 G4 A2 C+6 A2

C+2 A2 C+2 D+4 A4 A4 D+2 D+4 A4 A4 A2

G2 F4 F4 A4 G7 F4 A4 A4 A4 A4 A4 C4 D2

F6 A4 G4 A2 C+6 A2 C+2 A2 C+2 D+4 A4 A4

F+2 E+4 A4 A4 A2 G2 F4 F4 A4 G7 F4 C+7

首個數字代表速度 (1-4) 數值越大 節奏越快

每個音符之間請輸入空格

"+" 代表高音階沒有 "+" 代表中音階

YES 28 35(S)

www.yes.com.hk

?00%咒語　TWINS

okia 3210/3310/8250

empo=125

*828(4)969543(2)28348(5)996543243968543(2)

8348(5)9965432654499

Ericsson T1/T10/T28

(1)2(4)(6)(6)(5)(5)(4)(4)(3)(3)(2)(2)(2)(3)4(5)(5)(6)(6)(5

(5)(4)(4)(3)(3)(2)(2)(4)(4)(3)(3)(3)(3)(6)(6)(5)(5)(4)(4)(

3)(3)(2)(2)(2)(3)4(5)(5)(6)(6)(5)(5)(4)(4)(3)(3)(2)(2)(6)(

6)(5)(5)(4)(4)(4)(4)(4)(4)

Panasonic　GD92/GD93

1(1)* 2(1)** 4(1)* 0(1)** 6(1) 5(1) 4(1) 3(1) 2(1) 0(1)*

2(1)* 3(1)* 4(1)** 5(1) 0(1)* 6(1) 5(1) 4(1) 3(1) 2(1)

4(1) 3(1)# 6(1) 5(1) 4(1) 3(1) 2(1) 0(1)* 2(1)* 3(1)*

4(1)** 5(1) 0(1)* 6(1) 5(1) 4(1) 3(1) 2(1) 6(1) 5(1) 4(1)

>4(1)###

Motorola T190/191

3(7) 2(6) 4(4) 5(2)↓ 5(3)↓ 5(4)↓ 5(5) 6(6) 3(6)↓

3(5) 2(4) 6(3) 5(2)↓ 5(3)↓ 5(4)↓ 5(5)↓ 5(6)↓ 5(4)

7(5) 5(2)↓ 5(3)↓ 5(4)↓ 5(5)

6(6) 3(6)↓ 3(5) 2(4) 6(3) 5(2)↓

5(3)↓ 5(4)↓ 5(5)↓ 5(6)↓

5(2)↓ 5(3)↓ 5(4) 9(4)

YES!

www.yes.com.hk

YES! CARD COMBO 1159(S)

經典卡底

WORDS OF LOVE 酒井法子

詞／曲：原　田子
今　波の音に　揺られながら　瞳閉じて
そっと　頬を寄せた　あなたのやさしい胸に
からめに指のぬくもり　あなたの吐息感じて
何故こんなに胸か苦しくなるの
もう離れられない　二人　恋の予感か　私を包み
潮風と空を翔るメロディー
愛の言葉をささやいて　心のままに
ねえ　ほんの少し　時間を止めて　何もかもか
まるで　二人の為　まいしく渚に溶ける
いとしさだけが溢れて　甘い口づけ交した
またこんなに胸か震えているわ
きっと忘れられない　二人　恋の季節か
私にくれた　果てしない夢と風のメモリー
波の数だけ抱きしめて　想い伝えて
いとしさだけか溢れて　甘い口づけ交した
またこんなに胸か震えているわ
きっと忘れられない　二人　恋の季節か
私にくれた　果てしない夢と風のメモリー
波の数だけ抱きしめて　想い伝えて
恋の渚に　二人漂い　限りなく遠い空の果てに
夢の続きを追いかけた　明日を信じて

S 日	M 一	T 二	W 三	R 四	F 五	S 六
				1 廿五	2 廿六	3 廿七
4 廿八	5 立夏	6 三十	7 四月	8 初二	9 初三	10 初四
11 初五	12 初六	13 初七	14 初八	15 初九	16 初十	17 十一
18 十二	19 十三	20 十四	21 小雨	22 十六	23 十七	24 十八
25 十九	26 二十	27 廿一	28 廿二	29 廿三	30 廿四	31 廿五

S 日	M 一	T 二	W 三	R 四	F 五	S 六
1 廿六	2 廿七	3 廿八	4 廿九	5 芒種	6 初二	7 初三
8 初四	9 初五	10 初六	11 初七	12 初八	13 初九	14 初十
15 十一	16 十二	17 十三	18 十四	19 十五	20 十六	21 夏至
22 十八	23 十九	24 二十	25 廿一	26 廿二	27 廿三	28 廿四
29 廿五	30 廿六					

A Product of YES! ©

TO:

MERRY CHRISTMAS

Ada

宜送給少芬的禮物
水彩、偶像的大海報、電話簿、電器。

00 74(S)

95出道的歌手新人，比較令人留下印象的有一出鬧便跑出的新一代廣告天后，拍住廣告天后的東東雲吞、RAY，以及估佢唔到的五姑娘、秋生哥。這年有11個新組合出道，叫得出名字的是ZEN。

娛樂萬花筒

在95年之後的幾年，也是香港娛樂事業的頂峰時期，新人輩出，只要臉孔稍為標緻的，在簽約之後就推出市場。事實上，就算臉目平凡乃至猙獰的，都推了再算，實行殘酷的市場淘汰。於是YES卡也出現了不少消失的臉孔。

95

96

96年出道的新人，成就最大的是如今的歌神伊神，半路轉跑道的暴龍哥，女的有好勝的奪麵旗，大笑姑婆，何超，大頭妹，組合有齋。

97年，男的有林狗、倔強的檸檬、小春子，女的有愛美神、魚蛋皇后以及一眾失蹤人類。這一年只有3個組合出道，但此三組合現已消失。

98年男新人歌手，今天看有點騎呢，有程醫生、叉燒炳仔、煎pan，女的有靚靚、Grace、Lilian、Candy。

99

99年新人歌手，男的有子華神。就是他，你沒看錯。女的，有紫薇、祖兒、柏芝、Fiona，組合有大L堂。

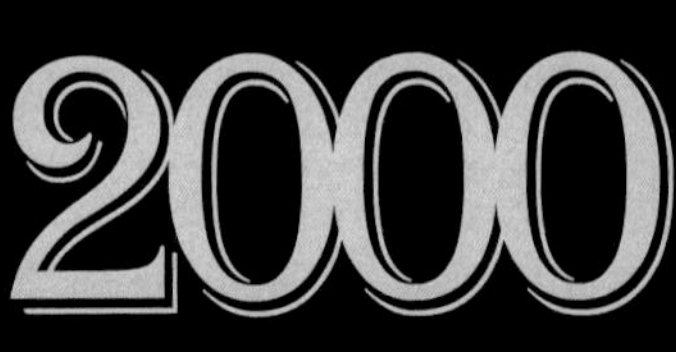

千禧年，不得了，出了個混世魔王冠A，還有渣渣揮，古仔；女的有Rain、小雪等。組合方面，這年又熱鬧起來，竟有8隊之多，比較成氣候的是FAMA，順得一提的是VRF，其中一位成員是大笑姑婆夫。

2001

2001年，又是十分熱鬧的一年。這年好像放煙花，男新人有14位，女新人有15位，組合有4隊。比較值得一提的是男新人有BYFD三子單飛，女的有芒果、Jean、美玲、阿菇、June、Cleo、Michelle、Nicola、BoBo Chan、Elkie、Maggie、Emme、Cindy、Edith、Ying。

組合方面，重點來了，這年有芝士出道。其他還有3個組合，不過不必提了。

為什麼把這年的女新人都列出？因為，其中有一些是震驚世界的艷照門主角。什麼是艷照片？知道的就知道，不知道的也不必知道。總之這件事毀了不少年青女性的前途。

02-03...

2002年，香港的娛樂產業可說開到荼靡，男新人有條魚毛仔、細簿，可以一提，女新人有Yumi、Jade、Yu、May等，組合有3T、17、9餅、Double R、EO2、E-Kids、祖與占等等，基本上都是過眼雲烟。

2003年，香港遇上非典，男女新人只有一個軒公，一枝獨秀，紅到如今。組合也有不少，如2R、男孩Z、天空等，也早已消散，不值一提。

如果說，大V是第一代的閃卡女王，查理是第二代的閃卡女王，第三代是奪面旗，那麼第四代的閃卡女王非芝士莫屬。

JADE

奪面旗專輯

話說回來，芝士的專輯卡並不是YES的第一套專輯卡。第一個出專輯卡的，很可能是奪面旗。為什麼是可能？

九七到二千年初那幾年是YES卡的井噴期，公司的方針是能但凡想到的點子，都會去做，因為小小的刺激，都會把銷量推上去，而專輯卡是一個好點子，在短時期可能出了幾輯也不定，所以我也不肯定奪面旗專輯卡是不是最早的。

奪面旗這輯卡珍貴之處，在於這是她寫真集的專輯卡，照片的水準特別高。

奪面旗人稱高妹，在95年拍電影出道，大概是在97開始轉戰歌壇，隨即大受歡迎，成為新一代偶像領軍人物。評估一個新人受不受歡迎，只要看這個人出現在YES封面的頻率，便可知一二。奪面旗由96年起到2000年這幾年間，是當YES封面人物最多的藝人，差不多間兩三期便會出現一次，是新人之最，紀錄到了芝士出道之後才被打破。

以新人來說，起初查理出道時氣勢一時無兩，樣子清純，聲音低沈性感，是很多年青男孩夢中情人，女孩模仿對象。可是查理主力並不在唱歌，而是更專注於拍戲，但總的來說走勢也是大好，可是她在1997年，於從事演藝工作5年後她突然宣佈引退，決定與其新加坡籍男友共同發展形象顧問事業。她在1997年中推出最後粵語專輯，以及最後一張新曲精選專輯，作為退出演藝圈的最後作品。2003年上半年，查理

與男友經營的形象顧問公司倒閉，兼且宣佈與男友分手。廣告天后和奪面旗的出現，剛好填補了這個由查理主動讓出的新一代玉女天后的寶座。説實在，廣告天后雖然美艷，但樣子比較酷冷，雖然也很受歡迎，總不及樣子甜美可人的奪面旗。

由於這個背景，奪面旗的走勢是最被看好，甚有機會成為新代的天后玉女。就在1999，因為拍戲期間和男一朝夕相處，奪面旗就發生了奪面事件，使到很粉多絲大跌眼鏡，也大失所望。那時候的社會風氣相對上較為保守，由於男方早已有另一半，對於搶人條面很多人都不太能接受。雖然據説真相是條面與前度早已分手，只是未有公開消息，好衰不衰，奪面旗又被傳媒拍到男友寓所過夜。因為這一時好勝，形象嚴重受損，確實令到奪面旗的人氣大不如前，雖然在千禧年之後追回不少失地，始終是錯過了登頂的最好時光。

芝士專輯

沒有研究芝士出道後出了多少本寫真集，不過由YES出版的，倒是有兩本。第一本，是一套兩冊的1+1寫真，附書還附贈一張製作特輯的VCD，出版日期是2001年的11月。她們是在2001年中正式出道，基本上是立刻便籌備，在暑假拍寫真。不難想像，寫真集推出後，雙妹一炮而紅。

第二本是2003年7月的純顏寫真館，接著8月的LOVE HK。這次寫真集是在泰國取景，造型與以往不同，除了有典型的靚女照、嬌俏可人的泳裝照外，還有穿民族服裝的照片，散發少女以外的另一種味道。出道兩年，這時的芝士已是香港最紅的偶像。不是其中之一，而是唯一。

YES!
Twins

YES!
Twins
YES!
Gillian

說到芝士，不得不提及她們的專輯卡。這是只有特別受歡迎的偶像才會推出的YES卡。在YES卡的歷史中，只有極少量極少量的藝人出過專輯卡。紅，固然有很多偶像都很紅，但要紅到能支持一整輯卡的銷量，卻沒有幾個，而且另外還有一個條件需要滿足，就是要有足夠多的照片去做一輯卡。芝士當然有這樣的受歡迎程度，尤其是莎莎，可以說男女通殺，是當時年青人的甜心。

日本專輯卡

九十年代不但香港明星人藝人的天下，更是日本藝人的天下。如今全世界的人都在看韓片韓劇，追韓國歌星，九十年代他們還未入流，是純粹的娛樂輸入國，有著巨大的逆差。在那整整十年中，香港人追的都是日本電視劇，不少被港人稱為神劇，如今三十五歲到六十的中壯年人沒有幾個是沒有看過的。熱門老翻場如旺角信和、好景，灣仔的188、298等等，都是一整套一整套的在賣。

日劇故事流暢，畫面精緻，人物細膩，主題清新含蓄感人，很多作品都值得一看。對那一代的香港人來說，必看的三出日劇必然是《悠長假期》、《東京愛的故事》和《同一屋簷下》。其他的經典日劇，有多少套你看過？

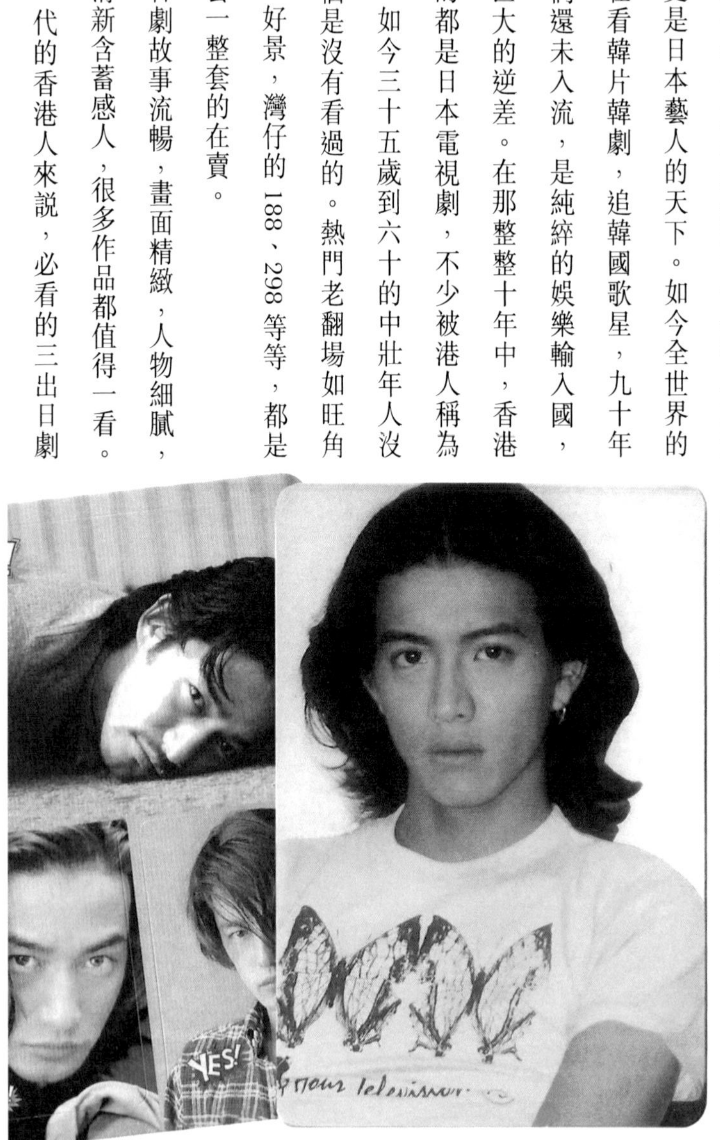

YES!
MASAHARU FUKUYAMA

《將太的壽司》：寺澤大介的經典同名，漫畫改編，非常勵志的作品。

《無家可歸的小孩》：講述一個小學生為了母親的生命而變得堅強，在日漸扭曲冷漠的成人世界掙扎求全，面對種種的變態之人和不平之事勇敢前進。

《GTO》：反町隆史個人代表作，粉絲沒可能沒看過吧。

《魔女的條件》：經典的師生戀題材作品，情節唯美動人。

《神啊，請給我多一點時間》：深田恭子的成名作，日劇迷不可不看！

其他還有數之不盡的佳作，如《星之金幣》、《沉睡的森林》、《戀受世紀》、《水晶之戀》、《東京仙履奇緣》、《愛情白皮書》、《沙灘男孩》、《跟我說我愛》等等。以上的日劇如果你一出也沒有看過，只能說少年你太年輕了。

永遠的法子

酒井法子在日本不算是最頂尖的女藝人，但她卻是九十年代最受香港人歡迎的日本藝人，可能是《同一屋簷下》的效應。毫不奇怪地，酒井也是YES最受歡迎的日本藝人，其受歡迎程度，遠遠抛離其他女星。

九十年代中後期的YES卡也加進了不少日本偶像，其中又以酒井具有獨特的存在。有一段期間，每一期的卡都有酒井法子，而她的卡也最多人搶，炒價最高。

笨蕉

每年過愚人節的那一期YES，都有一個愚人節的特別企劃內容。有一年是說公司創辦人受到聖靈感動，結果那期的內容全是聖經內容。又有一期愚人節號的封面是一隻拿著香蕉的卡通公仔，封面標題是拿著該期雜誌可往YES STATION換取封面產品一件，換完即止。

大家興興頭頭放學後趕去換領禮物，原來是換一隻貨真價實的香蕉。那天完結後，統計一共換了15,000隻香蕉。同日，香港多處地方的水果攤沒有香蕉賣。

酒井不來了

另一年的愚人節剛好是在周末，那年的愚人節企劃是預告4月1日酒井法子來香港訪問。那天我沒有去機場，但有去現場的記者同事說整個機場擠滿了接機的粉絲，最後酒井當然是沒有來。據聞有一次酒井真的來香港，公司特別約了一個專訪，而且付出了一筆巨額的費用，傳說達到七位數字，是真是假，有待考證。

在九十年代中後期的YES卡除了大量加進日本明星偶像之外，還有一輯全部都是日本的女藝人的專輯卡，說是平成年的女優精華錄也不為過。

檸檬專輯

唯二出過專輯卡的男偶像是檸檬。話說其父千王阿腎原來17歲出道，青出於藍，兒子檸檬更早在16歲便已出道。千王只是電視角色，江湖傳聞，阿腎因生意失敗欠下巨債，便替兒子和皇帝簽下長約，未成年便要出來賺錢。其實阿腎年輕時也是當紅一線小生，可是他生性風流，是一隻穿蝴蝶，中年在大台打滾，雖有名聲，但惠而不實。檸檬出道便是憤怒叛逆少年的形象，迷煞不少少女，加上經理人公司極力推捧，以天皇巨星作其定位，故此出道即走紅至今。

根據維基的資料，「2002年3月23日凌晨，一輛法拉利跑車於香港島紅棉路撞向路邊花壇，整輛車幾乎變形。」檸檬因為行程安排需去國外做節目，以電話通知經理人處理。後來前往警察局自首的而是一名成姓司機，經香港廉政公署查明後，發現事發當晚駕駛跑車者為檸檬。最終，檸檬在2002年10月被西區裁判法院裁定罪名成立，法院認定他妨礙司法公正，還柙壁屋監獄14天後判，後得咸虫，阿姐等人求情，得以從輕發落，判處240小時社會服務令。此事之後，檸檬也轉戰國內，正好那時國內娛樂產業起飛，可說因禍得福，成為國內大腕。這輯的檸檬專輯卡應是在車禍那年所出，此後他專心發展國內市場，留在香港的時間也大幅減少了，故此甚有收藏價值。

題外話，同案那位成姓司機在認罪及擔任證人的情況下，被判入獄四個月。

悲史專輯

芝士的大成功，令皇帝娛樂覺得組合大有可為，於是在 2003 年推出有男版芝士之稱的波士，成員有小斌斌同大鬼。小斌斌雖然號稱小，但有另一外號叫童顏巨斌，當其時都已二十有三。大鬼雖然叫大，實際係人細鬼大，組成波士時二十未到。皇帝娛樂的如意算盤是用同樣的方程式去推波式，出道未久即推兩人寫真集，之後再出寫真專輯卡。以外型論，小斌斌文質彬材官仔骨骨，大鬼是混血兒活潑跳脫表情生鬼，一文一武的組合，可以說是無得輸。

同年，波士奪得 2003 年度叱吒樂壇流行榜頒獎禮「叱吒樂壇生力軍組合金獎」和第 26 屆十大中文金曲頒獎禮「最有前途新人組合金獎」，前途十分看好。可是同遮不同柄，命運之神並沒有眷顧芝士那樣眷顧波士。兩人出道以後賣心賣命，專輯也出了不少，公司更投入不少資源去做宣傳推廣，可是就是沒有大紅大紫。之後兩人離離合合，也跟隨不少香港藝人腳步回中土發展，成績只能說是平平。反而外型略有不如的師弟的士陳竟能在中土一夕爆紅，圈粉無數。白雲蒼狗，2019 年，小斌斌和大鬼計劃重組，舉辦復合演唱會，可是因大鬼爆出多宗呃蝦條醜聞而取消，組合亦重組無望。之後大鬼的人設破產，奉子成婚後生活潦倒，淪為網民取笑對象。

2003年，香港遇上非典沙士，大部份時間愁雲慘霧。2019年，香港經歷了史無前例的社會運動。成和敗，只能說，一切都是大笪地賣粥——整定。

九餅專輯

話說1998年日本有一隊甚有人氣的女子組合MORNING娘出現，中文叫做早安少女，據說概念是希望團組合能擁有「像早餐套餐般豐富多樣、讓人有輕鬆快樂的感覺」。Morning娘的組員並非固定，有人離去，有人加入，在2023年9月更新舊成員聚在一起開騷慶祝成軍25周年，一時引起眾人回憶。

有見芝士的成功，香港的電氣音樂有意仿效早安少女，在2002年推出港版Morning娘，即9人女子組合曲奇，民間稱為九餅，亦有人謔稱為狗餅。曲奇的隊長是屎塔肥，好像是YES第一屆校花校草選舉的冠軍校花。2002年6月，曲奇出道單曲《心急人上》推出，九女正式出道，人氣已直逼芝士，走勢凌厲。當時甚至有傳言指皇帝娛樂要為芝士加入新成員作為對抗。同年8月，曲奇第一張EP生日快樂工式推出，未到10天已接近金唱片銷量，賣到斷市。2003年電氣音樂出高層人事變動，曲奇原推手離巢，金牌經理人買入曲奇經理人合約，但只保留屎塔肥、杜蕾絲、大鼻、米奇四人，其餘五人被解散，後世稱為餅碎。四人組合的曲奇，媒體稱之為迷你曲奇，很快推出首支單曲，人氣不減，但也沒有重大突破。2009年米奇和杜蕾絲

約滿，決定各自另簽他經理人公司。再二年，大鼻與史塔肥也約滿，不再續約，曲奇也就成為歷史名稱。

九餅出道沒多久，YES 便出了她們的一套專輯卡。所謂十八無醜女，九個青春少艾，很能顯現世紀初香港的活力動態，對明天的充滿希望。專輯卡的造型落心思，有泳衣，學生服，學護服，芭蕾舞衣，柔道服，MMA look，熱褲短裙小背心，散發的就是純純的女孩氣息，比諸今日在本地火紅的屌啦，又多了一份童真，混沒有屌啦那種現代少女在老練和冶艷之中，隱隱流露著對世情的不屑與蔑視。

十年一炒揚州夢

我的外甥阿亮是炒卡仔。他炒卡的地盤，就是媽媽開的文具店。他以炒卡謀生，炒了10年。既然賣夜光卡可以買到樓，炒卡自然也可以成為一門生意。炒卡不會發達，但要月賺數千乃至上萬元，並不難達到。判斷一個投資產品好不好，其中一個重要的條件就是好的流動性。

流動性

在這裡講講什麼是流動性。在流動性高的市場中，由於市場上的買家和賣家眾多，因此交易指令能夠快速獲得執行。例如外匯市場每天的交易量超過5萬億美元，被視為全球規模最大且流動性最高的市場。大型股票市場，如紐約證券交易所每天都有成千上萬的股票換手，因此也被認為具有高度的流動性。單隻股票的流動性可能會因其市值、股票買賣所在的交易所以及是否被納入指數等因素而有所不同，大型股票如微軟、谷歌和蘋果等藍籌股的流動性就極高。

相反，如果缺乏有意願的投資者或投機者，較低流動性的資產便較難買賣。相比大型股，一些小型股的流動性可能較低，特別是那些場外交易的股票，因為市場對這些股票的興趣明顯較小。其他較低流動性的資產例子包括房地產、某些貨幣對（尤其是新興市場貨幣對和外來貨幣對）以及規模較小的數字加密貨幣。

流動性充足，交易者可以在市場交易時段內隨時買入和賣出資產，由於市場參與者可以在不嚴重影響資產價格的情況下快速平倉，所以風險較低。除了易於參與及交易簡單外，高流動性的市場還具有價格相對穩定及高效的特徵。

缺乏流動性通常會帶來更多的弊端，即所謂的「流動性風險」。

如果一個市場缺乏流動性，則可能會因證券交易供求低而引致價格頻繁大幅波動。在這種情況下，買家和賣家可能需要通過多方以不同的價格進行交易，才能滿足預定的訂單要求。

迷你交易所

根據以上定義，在 1992 年 2002 年這 10年間，因為有極大量的買家，也有極大量的賣家，所以 YES 卡是流動性很高的優質資產。擺卡的店鋪是最多買家聚集的地

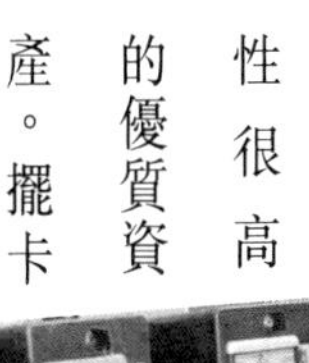

點，因而成為了迷你的YES卡交易所。香港最大的YES卡交易所，首推銅鑼灣電業城的7樓的YES STATION。

現在電業城的每一層店鋪樓面有好幾間店鋪，那時YES STATION是一整層一個店面，七樓是文具精品，八樓是潮流物品和飾物，九樓一整層賣漫書，十樓是影樓。

其中七樓最多炒卡人士流連，店外是升降機大堂，平時一開店便聚集了六七個炒家，周末時，由於周五是出卡日，高峰時段，光是炒卡的便有二三十人，來抽卡的年輕人就更多，往往把電梯擠滿，有似從前的年宵市場。

炒家裝備

炒家的基本裝備，是一個大背包，內放多本大卡簿。有些炒家是以卡的種類來分類，例如夜光卡一本至數本，閃卡一本至數本，其他種類的卡一本至數本。

炒價

大多的炒家是以人物分類，當然是最有炒價的先行，例如人V，查理，廣告天后，奪面旗，酒井，四萬，大笑姑婆，仲有後起之秀的芝士。

看到有人去抽卡，一班炒家往往一湧而上，搶問來者想要誰的卡，如果對方沒反應，便各自散去，若對方講出一個人名，大家鬥快取出自己的卡簿，打開推到對方面前，看誰人的被選中。

也有不少炒家是學生，和經常光顧的文具/玩具店混熟了，便把手中的好卡交給老闆寄賣，賣出老闆便從抽取佣金。店家究竟抽多少，倒沒有一定的標準，以我所知，由兩成到五成不等，視乎炒家和老闆的關係，以及老闆的心腸吧。

根據外甥阿亮講，早期的時候，早到95年以前，老泥的卡是最好賣的，買的完全是粉絲，那時也可能是他個人圈粉的顛峰時期。難怪經常有人說，老泥是最被低估的天王。

四大天王

大V開始的時候紅，奪面旗出道便追上她，大家平分天下，五十五十比例。

廣告天后只是初出道，小部份人支持，因為她是新人，沒有足夠實力。

玉女市場

歇了歇，他又爆了句，法子最好賣，男女老幼都歡迎。

日星

新星市場

祖兒當時還未紅，卡不好賣。大笑姑婆只是一小撮人支持，也未成氣候。四萬的卡只是一般，因為當年她染金頭髮，不太受市民接納。

檸檬還未紅當年，卡只是一般。

阿亮吸了口煙，繼續他的回憶。

東東雲吞只有新碟一隻，也是樂壇新丁，儲他卡的人自然不多。

冠A的卡反而受歡迎，因佢出道時候形象清純，並沒有負面形象，好多女孩子想買他。

卡王之王

芝士大紅，但已經是後期，男玩卡友為多，女生並不追捧。

最後阿亮說，大V排第一，奪面旗第二位，芝士排三甲，這就是當年累積的經驗。

最後，他把手中煙滅掉，問道，舅父已經月尾，我身無分文，可否給我伍佰大元呢？

餘暉

香港的娛樂產業，一是電影，二是歌曲，曾經紅霸一方，影響世界。港產片一直以來都是大中華地區的電影重鎮，與印度寶萊塢、美國好萊塢齊名。1980 年代的港產片發展蓬勃，形成了龐大的電影工業，電影產值超越印度的寶萊塢，躍居世界第二位，僅次於美國好萊塢，成為亞洲第一大的電影生產基地和電影出口基地，被稱為東方好萊塢。

戰後的 1950 年代和 1960 年代，香港電影業雙線發展，粵語片和國語片各有市場。粵語片有任姐及仙姐，兩人合作拍了超過50齣電影，包括《紫釵記》（1959 年）。此外有關師傅、奸人堅《黃飛鴻》系列，或是華達片場、于素素的《如來神掌》系列等等。國語片以邵氏兄弟及電懋公司為主。電懋以富有摩登氣息的都市小品見長，邵氏則仿照美國好萊塢大製片廠制度，斥資興建邵氏影城。

1970 年，嘉禾公司成立，起用細路祥拍攝系列功夫片，聲名鵲起，細路祥亦成為香港首位國際知名的電影巨星。其後，許氏三兄弟的港式喜劇和大哥大、咸虫的動作喜劇接棒，成為香港電影的金漆招牌。1970年代末，眾多學習西方電影藝術的年輕人晉身電影界，形成「香港電影新浪潮」。

1980年代至1990年代初期是香港電影的全盛時期，明星演員湧現，題材百花齊放，票房記錄不斷刷新，影響力達到空前高峰。這個年代的港產片無論在產量、票房，還是在質量與藝術性上均達到空前水平，形成了龐大的電影工業。《英雄本色系列》、《龍虎風雲》的爆紅，使警匪片成為日後港產片的重要類別。星爺無厘頭喜劇、徐老怪的武俠電影、吳尊的暴力美學電影，大收旺場。而高佬的藝術電影揚名海外，屢獲國際影展殊榮。

經歷了1980年代和1990年代初的黃金盛世時期，於1990年代中後期，香港電影業由盛轉衰，一落千丈，收入減少了一半。1990年代後期，港產片製作數字從1990年代初的每年超過200部，到90年代後期下降了超過一半。香港影星也逐漸不在香港發展，向好萊塢進軍，如吳尊、發哥和咸虫等。2003 年後，香港與內地簽訂 CEPA，大部份香港電影工作者前往內地，以合拍片模式，拍攝製作電影，傳統香港電影中天馬行空的創意大大受限。港產片更是一蹶不振，星光黯淡。

香港樂壇也曾經獨霸一方，粵語流曲唱遍大江南北乃至東南亞。從開埠至今，在香港華人十分喜愛粵曲、粵劇。尤其是20世紀20年代至60年代，粵曲、粵劇發展十分興旺，是香港平民生活的一部分。

1950 年代在高級夜總會表演的歌星以獻唱歐西流行曲為主，配以樂師（主要為菲律賓籍）現場伴奏。由於接觸西方流行音樂，1960 年代的年輕人喜歡自組樂隊，歌路以英文歌曲為主。

到了 1970 年代來自台灣的歌手曾一度風靡香港樂壇，包括青山、姚蘇蓉、楊燕、湯蘭花、劉家昌、尤雅、鄧麗君等。

對於佔人口大多數的廣東人，粵曲是真正流行的音樂。五六十年代是歐西及國語歌曲流行的年代，粵語時代曲許多都屬於電影歌曲，如《光棍姻緣》、《荷花香》、《飛哥跌落坑渠》、《榴槤飄香》、《一水隔天涯》、《女殺手》、《青青河邊草》。電影演員如寶珠、修修、奇哥、芳芳等有不少電影歌曲作品。1960 年代後期，來自星馬的「粵曲王子」鄭錦昌和「粵曲王后」麗莎打開香港市場，可是粵語流行音樂仍然未能成為主流。

到 1970 年代中期，Sam、泥彼得、顧 Sir、霑叔、阿沾、小田等填詞人和作曲人把粵語流行音樂普及化，創作新的題材，例如 Sam 創作的粵語流行曲，歌詞不但生鬼活潑，而且貼近當時香港普羅市民的生活，因此大受歡迎。

從 1970 年代中後期至 1980 年代初，獨當一面的粵語歌手輩出，配合幕後音樂人才湧現，成就了經典巨星的時代，歌唱派如正氣傑、小鳳姐、巨肺、籮記，唱作型如 Sam、胡鬚仔、BYD，以及後來冒起的偶像派校長、丹尼仔、梅姐和哥哥，都大放異彩。這時期不少金曲仍是要靠改編外語歌，特別是日本的大熱作品。

踏入 1990 年代，歌神、老泥、華叔、阿王並稱為「四大天王」，受歡迎程度遍及大中華地

區，甚至遠及韓國。女歌星如沙梨、矇豬眼、飛飛、羚羊、四萬、廣告天后在樂壇

亦佔有重要地位。當中歌神更是華語樂壇天王的表表者，締造樂壇歷史。

2000年代，黑人、歌神2、安心出行、基仔、大笑姑婆、祖兒等天王天后成為香港樂壇主力。

2010年代，軒公、大文豪、祖兒、安琪、肥蘭等音樂人成為香港樂壇主力。這時期香港樂壇青黃不接，加上韓國的綜合流行文化崛起，最終年輕樂迷大量流失，以韓國流行音樂為潮流，粵語音樂壇步入低潮。

不知誰說過，站在風口上，豬也能起飛。YES卡和YES在九十年代的成功傳奇，很大程度歸功於主事人的聰明才智和努力拼搏，但也和香港娛樂事業憂戚與共。

坊間很多傳聞，有的說 YES 卡最高銷量的一輯有二百萬張，也有的說是三百萬張。實情是，YES 卡單月最高的發行量去到 600 萬張，實銷達到九成以上。以單一輯計，則最高發行量是 500 萬張。

承接七十八年代的積累，九十年代初期，正是香港電影和音樂快速登上頂峰的階段，風雲相會，人才輩出，有那樣的時代，才會那樣的才俊。風雲過後，一切歸於平淡，借用才子每篇文章皆用的結語，天際，空餘一抹褪色的紅霞。

閃卡！請回答 1991

作　者：知名不具

出　　版：真源有限公司

地　　址： 香港柴灣豐業街 12 號啟力工業中心 A 座 19 樓 9 室

電　　話：（八五二）三六二零 三一一六

發　　行：一代匯集

地　　址：香港九龍大角咀塘尾道 64 號龍駒企業大廈 10 字樓 B 及 D 室

電　　話：（八五二）二七八三 八一零二

印　　刷：美雅印刷製本有限公司

初　　版：二零二三年十二月

如有破損或裝訂錯誤，請寄回本社更換。

免責聲明

本書籍僅供娛樂目的使用，並非用於提供專業意見或指導。書中所述觀點、意見、描述和情節純屬虛構，不應被視為真實事件、人物或事實的準確反映。作者及出版社不對任何由於使用本書內容而引起的直接或間接損失、損害或不便承擔責任。

雖然書中可能提及實際存在的地點、機構或人物，但這些提及不應被視為準確或真實的陳述。本書中的任何相似性，無論是對於現實中的人物、事件或場所，均為巧合。

此外，本書所包含的觀點和意見僅代表作者本人，並不代表出版社或與之相關的任何組織或個人的立場。

PRINTED IN HONG KONG

ISBN：978-988-76535-7-8